U0006585

編者　張上冠

著者　張上冠
　　　蔡新樂
　　　趙彥春
　　　李育霖
　　　陳佩筠
　　　邱漢平
　　　劉建基
　　　任東升

# 橘枳之間

## 西方翻譯理論再思與批判

# 目次

序
# 橘枳之間：西方翻譯理論的「來生」

　　標題中的「橘枳」兩字其「原始」出處一般認為是《晏子春秋》〈內篇‧雜下〉一則記載戰國時期齊國晏嬰出使楚國的故事。傳統上，這則文字記載被認為是「橘逾淮為枳」這個成語的來源。我將古典文獻中的「橘枳」嫁接／移植到現在的論文題目，就某種象徵意義而言，我從事的也是一種文字「逾」「越」的行為，是把某個字詞從其 locus classicus 的位置轉寄到它原來無法預期的未來。如此一來，「逾」「越」的行為顯然具有了某種期向 the beyond 的潛力，使得文字從原來的窠臼中被解放出來且因此彷彿獲得了新的生命：

　　晏子將使楚。楚王聞之，謂左右曰：「晏嬰，齊之習辭者也。今方來。吾欲辱之，何以也？」左右對曰：「為其來也，臣請縛一人，過王而行，王曰：何為者也？對曰：齊人也。王曰：何坐？曰：坐盜。」

　　晏子至，楚王賜晏子酒，酒酣，吏二縛一人詣王。王曰：「縛者曷為者也？」對曰：「齊人也，坐盜。」王視晏子曰：「齊人固善盜乎？」晏子避席對曰：「嬰聞之，橘生淮南則為橘，生于淮北則為枳，葉徒相似，其實味不同。所以

然者何？水土異也。今民生長于齊不盜，入楚則盜，得無楚之水土使民善盜耶？」王笑曰：「聖人非所與熙也，寡人反取病焉。」

晏嬰使楚做為一件歷史史實當然說明了戰國七雄在外交上的折衝尊俎，但從文學詮釋的角度來看，這則記載卻具多層的意義。就外交禮節而言，楚王的待客之道是極其失禮甚至無禮之至的。楚王雖知「兩國交戰，不殺來使」的道理，但他一開始即蓄意侮辱晏嬰，此舉顯然不合外交常理。然而從記載上我們多少可以猜測楚王的動機及目的為何，因為齊國來使是「習辭者」（以現代用語來說就是〔外交〕詞令的高手），為了顯示楚強於齊，楚王自然不願示弱而想先給晏嬰一個下馬威。楚王的左右所提的辱賓之計是齣演戲（stage performance），但就某個弔詭之意而言，楚王在戲中只是個被操縱的演員，記載的上半段楚王左右給予楚王的指示可為證明。因此，從文學詮釋來說，楚王成了一個聽話者，一個代言人，一個傳聲筒，或者用語言學中的「語言行為」（speech act）的術語而言，楚王在演戲時，他似乎是一位在從事「語述行為語」（locutionary act）的人。換言之，楚王對其左右言聽計從，而做為轉述他人之言的代言人，楚王的語言行為顯非一種「用意行為語」（illocutionary act）或者「效應行為語」（perlocutionary act）。

相對於楚王放棄其「聖諭」之主動力而淪為左右臣子之

代言人，晏嬰做為「習辭者」在此外交場合所展現的卻是一種積極有力且非凡卓越的語言才能。晏嬰用「橘生淮南則為橘，生于淮北則為枳」為例來說明事物變化的道理本來是有風險的，因為楚國位居南方而齊國在北方，以南橘北枳為比，難免自陷「語言的牢籠」（the prison-house of language），將自己變成了遭罰的語言坐盜者。然而，晏嬰不愧為「習辭者」，他不但熟知典籍所載，並可將古典知識轉換為己所用。「橘枳」之說其實另有來源，習辭者理應知曉。「天有時，地有氣，材有美，工有巧。合此四者，然後可以為良。材美工巧，然而不良，則不時、不得地氣也。**橘逾淮而北為枳**，鴝鵒不逾濟，貉逾汶則死，此地氣然也。」（《周禮》〈考工〉）。《周禮》的記載顯然強調天時、地氣、材美和工巧四者的良好配合，而橘成為枳按文義來推斷是地氣不良的例子。因此，如果單單以此典故為據而邊向楚王舉例，晏嬰當然知道其中所涉及的語言陷阱，但是正因為橘枳之變只是地氣不同使然而非天、地、材、工四個條件皆不佳所導致，晏嬰於是有了重新詮釋的契機。正如《晏子春秋》所載，晏嬰表面上雖然引經據典述說楚齊水土不同，但暗地裡卻是諷刺兩國教化有異，因為齊人在楚仍為齊人而非楚人，其本來身分並未因移地而改變，但是其行為舉止卻已受楚風影響而淪喪敗壞。換句話說，「橘逾淮而北為枳」經過晏嬰的語言轉換已經不再囿於其原典之義而是變成了一個暗喻（metaphor），其影射之義超越了原先的語境並且發展出新的意義。

晏嬰的語言行為，從一個後知之明的觀點來看，實在有其深刻的（後）現代意義，因為他表現出語言在「重述」（recitation）之後那種無法預測／期的無窮潛力。楚王和晏嬰都圍繞著「改變」這個主題，但兩人表現的手段卻有天壤之別。倘若歷史可以改寫，楚王應該也會善用「橘逾淮而北為枳」這句成語，因為成語所指似乎很「自然地」（就地理位置而言）配／符合了他的心意。然而楚王沒有想到南橘北枳雖然可以影射由好變壞的狀況，但是那條做為南北分野且造成變化的淮河並非只是單向作用而是雙向有效的。換句話說，假若由南到北逾越淮河會產生變化，那麼由北而南逾越淮河理當相同。南橘逾淮而敗壞為北枳，那敗壞後的北枳假使可以（回）逾淮，北枳是否理應昇華或回復為南橘呢？這個疑難顯然是晏嬰卓越的語言行為之所以有效的重要原因，因為他「解構」了楚王的語言，讓楚王陷入了自己語言的「絕路」（aporia）。這個兩難困境所引發的弔詭問題是：到底淮河做為變化之河，做為好壞的自然標準，淮河是向上提升還是向下沉淪的象徵？（上下和南北這些方向詞難道不又再衍生了另一種環繞著淮河的自然／歷史意義的矛盾嗎？）還是說上下兩種變化皆為**可能且同時**發生在淮河之中呢？

　　在探討上面的問題之前，且讓我們對淮河有個基本的瞭解：

　　淮河又稱淮水，與長江、黃河、濟水共稱為「四瀆」，源

出河南省桐柏山，流經河南、安徽、江蘇三省，淮河流域則再包含湖北、山東兩省。歷史上的淮河曾因黃河改道（奪淮入海）使其入海古道成了廢黃河而不再單獨入海。淮河和秦嶺是中國南北的自然地理分界。北方是暖溫帶半濕潤區，南方則是亞熱帶濕潤區。現代的淮河分三路，一路在三江營匯入長江，一路在扁擔港流入黃海，另一路經臨洪口入海州灣。淮河大小支流共四十一條，歷史上古人曾挖掘邗溝、鴻溝、通濟渠來貫通黃河及長江以利航運，但因淮河氣候多變，降雨不定，而六、七月又有梅雨季節，加上黃河不時奪淮而常遺留淤泥堵塞河道，淮河因而經常氾濫。「導淮」和「復淮」於是成了整治淮河水患的重要工程。（參見維基百科）。

淮河的簡史在我看來具有「另一種」（an-other）意義。做為「四瀆」之一的淮河其古名為淮水，這個複名的事實標示了淮河的複雜性，而「瀆」這個字尤其糾纏，因為在歷代訓詁中，它有「獨」（《釋名》），「濁」（《白虎通》），「通」（《風俗通》），「重複」（《易經》），「易」（《左傳》）等不同的解釋。現代的註釋同樣不遑枚舉：溝渠、江河大川、過度、煩瑣、混雜、褻瀆、輕慢、貪求和玷污等等後來衍生的新義。這個語義上的多義性（polysemy），再加上歷史上的淮河和現代的淮河並不相同，皆使得淮河的真面目蒙上了多重陰影。我們總說淮河為中國南北氣候的自然地理分界線，但事實上淮河

長度大約一千公里不算太長，無法完全界定南北，若真要劃分南北，恐怕至少還必須將秦嶺一併計上才夠，因此做為南北的分界線，這個「線」字的涵義並不單純。如簡史所言，歷史上的淮河其入海河道因淤塞而廢，現代的淮河則三分水路，並非一條**單獨**入海（此為《釋名》之「獨」義？）的河流，而淮河大小支流四十一條，這個分歧**複雜**的水道使得淮河就算做為南北分界也很難確切的予以定位。歷史上古人前後挖掘了邗溝、鴻溝、通濟渠等溝渠來**連結**（《風俗通》之「通」義？）淮河、長江以及黃河，甚至曾經想以「蓄清刷黃」（潘季馴）或「導淮入江」（楊一魁）的方式來治理淮河，但過去這些水利工程的種種舉止措施仍然無法馴服野性的淮河。歷史上黃河屢次**奪**淮入海，使得淮河水性由清而**濁**，水路改易變道，流向從不**重複**，這些複雜現象或許反映了中國歷代古籍對「瀆」這個字的不同理解。

就某個弔詭的意義而言，「橘逾淮而北為枳」這句話可以是個「後設暗喻」（meta-metaphor）。前面提及晏嬰將「橘生淮南則為橘，生于淮北則為枳」做為暗喻來諷刺楚國之教化，而我們如果將此暗喻的節版加以引伸使用在「此時此地」（hic et nunc）的學術論述，我們或許可以利用它做為對西方翻譯理論之後設思考的啟／起點。（當然，「西方」一詞已暗示了「東方」的存在和對立，如此，南北之異又做了一次翻轉而成為東西之別。）對我而言，淮河做為南橘北枳之變的關鍵轉換是個值得思考的地方。如前所述，淮河的變化之能應

該是雙向而非單向有效的,甚至變化本身也是複雜多變的。

赫拉克利圖斯(Heraclitus)的名言:「人無法兩次走入同樣一條河中」(You cannot step into the same river twice 或者 you cannot ford the same river twice)以及「恆新的河水流過走入同一條河中的人」(Ever-newer waters flow on those who step into the same rivers),告訴我們「萬物皆流」(Panta rhei / Everything flows)的道理。就挪移應用而言,希臘赫拉克利圖斯之河我們或可將其想像為戰國晏嬰的淮河,兩者皆闡明了事物不斷變化之道。古希臘哲學並非我學術涉獵的對象,我無法也無能在此提出有效的反思,但對晏嬰的淮河,我做為受中華文化薰陶的一分子卻很難沒有感受。晏嬰對「橘逾淮而北為枳」所做的語言行為是一種語言的「再現」(representation),或者更準確的來說,是一種「語內的」(intralingual)「有差異的再現」(representation with/in difference)。晏嬰抓住了淮河做為變化標準的不定性,彷彿淮河所促成的變化本身亦無法不持續變化自身/自身變化。晏嬰成功地將楚王的主題(thesis)予以轉化為相同又不相同的主題,而他這種類似音位轉換(metathesis)的文學才能讓晏嬰這位習辭者成了一位語言的,用德希達(Jacques Derrida)的用語來說,魔法師(pharmakeus)。用暗喻來說,由於晏嬰能將看似詞定義固的語言片段予以昇華變化並將其轉換成對己有利的形態,這種類似德希達所倡議的「相關翻譯」(relevant translation)的語言行為使得晏嬰本人彷彿化成了一條變化多端/多端變化的淮

河。晏嬰成為了標準本身，而「淮」和「準」這兩個該有關卻無關，說無關卻有關的字，在有／無關之下偏偏因為晏嬰之故，像兩股絲線糾纏一起為一條繩索，奇異地成為再思／批判西方翻譯理論的探索象徵。

　　晏嬰、淮河和橘枳的故事反映了伽德瑪（Hans-Georg Gadamer）所說的經典作品所具有的「共時間性」（contemporaneousness），而此故事也因此值得我們深思，尤其是當我們將其放置在西方翻譯理論在臺灣的學術脈絡之中時，我們更加必須予以「重視」。就一個象徵意義而言，過去二十年來，西方翻譯理論在臺灣存在著橘枳的矛盾。1991年米勒（J. Hillis Miller）在中央研究院發表了一篇有關理論旅行（traveling theory）的演講。米勒在講演中以《舊約聖經》中的路得（Ruth）為例，闡述（西方）理論如何 cross borders, occupy a new territory, and make a new place for itself，然而米勒同時又致敬／警告聽者所有理論都具有不可譯性（untranslatability）以及地方特性（local topographies），結果使得理論本身在移動越界後仍舊無法被完全馴／歸化。對於米勒論點的批評，我在2008年一篇延遲發表的（belated）論文〈以利米勒：以米樂為例再思文化翻譯與翻譯倫理〉中有較詳細的論述，在此不再贅述。但是米勒所提出的 border crossings 的問題，在我看來，在二十三年之後的此時此地仍舊棘手難解。問題的癥結之一在於西方理論，或者縮小範圍來說，西方翻譯理論，在飄洋過海越界（"post o'er land and ocean"，姑

且借用米爾頓 John Milton 的詩句）至臺灣之後（如果我們將橘枳的故事置入討論的脈絡之中）到底有無產生變化？倘若西方翻譯理論是橘，那條變化的淮河在何處？而逾越後的西方之橘是如何成為東方，或準確地（？）來說，臺灣之枳呢？還是說，西方之橘毫無變化依舊是西方之橘呢？或者弔詭地來說，西方之橘其實是成了西方之枳而非臺灣之枳呢？此外就算西方之橘成了臺灣之枳，臺灣之枳有無可能可以同樣地飄洋過海越界至西方，而在逾越之後，臺灣之枳到底又會成為什麼呢？

難道世上真的沒有臺灣之橘嗎？

我們在前面提到晏嬰象徵性地可以做為一條變化的淮河，一個決定變化的標準，因為他以類似「相關翻譯」的語言行為將語言昇華至原先使用者無／未能預料的境界。如果西方翻譯理論的旅行及／即逾越可以從橘枳的變化這則寓言來考量，顯然我們需要的是如晏嬰般的語言魔法師將西方翻譯理論做出翻轉俾以符合我們所需。米勒在同一篇演講中說了一段有意義的話：Translations of theory are … mistranslations of mistranslations, not mistranslations of some authoritative and perspicuous original。我對這句話的解釋是：變化是理論旅行及／即逾越的現象，而變化的出現在於執行理論的人；理論無法自行旅行，無法自行越界，所有的逾越都緊繫在人身上方能完成。理論者背負了傳達之責，但如同一位具有雙重「背信」之義的郵差（postman），他／她背著西方而來的理論信件

但也同時因為並非信件的原始作者而有違背本意／義之嫌。班雅明那篇著名的論文 "The Task of the Translator"（〈譯者之責〉）多少替這個論點增添了佐證，因為他強調的始終是譯者這位翻譯工作者而非僅是翻譯工作本身。換句話說，旅行的翻譯理論需要一位旅者以「履行的」（performative）方式讓其產生差異，或者更嚴格地來說，沒有哪個理論在旅行越界之後仍能保持原樣，依然如舊，所以縱使西方翻譯理論在臺灣成了「翻譯的翻譯理論」（translated translation theory），我們的譯者以及論者也不是西方翻譯理論的傳聲筒，更不是西方知識經濟體系下只能販售二手知識的知識買辦，因為翻譯即改變，我們不能淪為某種知識太監，始終只有照本宣科的能耐，反而更應該積極思考如何去促成改變以符合我們的處境所需。

就一種象徵意義而言，這本論文集的八位作者可以說是現代的「習辭者」，每位作者都在執行理論旅／履行的工作俾以對逾越而來的西方翻譯理論進行差異化的翻轉。值得注意的是這八位來自海峽兩岸的作者雖然其作品被一起納入這本研討會後的論文集（anthology）中，但每篇論文自成一朵花朵（anthos: flower），更由於各自的花形、香氣、色彩、種類、光澤皆不相同，這本共同的文學花束其實同中有異，每篇論文「其實味不同」，各具個／特別性（singularity/particularity）。更有意思的是這八位作者的背景：其中三位來自中國大陸而另外五位則是臺灣學者。中國大陸和臺灣隔著臺灣海峽，海峽

的存在似乎又暗喻了論文所討論的變化的淮河。然而三位大陸學者分別來自南京、青島和天津，這由南而北的地理位置又讓他們之間產生微妙的差異。而五位臺灣學者中，兩位來自淡江，一位來自台中，另外兩位則是臺北文山的土著，他們之間也以淡水河、大甲溪／大肚溪、景美溪（以及未在此處被言及的其他實際的和抽象的大小溪流）相互區隔。對我而言，這些海、峽、江、河、溪、流所產生的「間性」（in-betweennes）都象徵了差異中的差異和變化中的變化，然而這八位作者卻又皆以中文來寫作論文，如此一來同異的問題更增添了複雜性。但是無論同異的程度如何，在我看來，由於他們全是這本論文集的作者，他們事實上可以說都共同參予了同一件事情的發生，形成了某種 homonoia（同意）：一種友好的關係，一種對於事務的共同興趣，即便意見可能相左。做為論文集的編者，我認為他們都在完成一件，借用德曼（Paul de Man）的話來說，「重要的事件」（material event）。這裡所謂的 material 是指：實質的（corporeal）、重要的（important）、有形的（bodily）、必要的（essential）、重大的（momentous）、有份量的（weighty）、相關的（relevant）、針對的（pertinent）、有意義的（meaningful）等等，而一個「重要的事件」，順著德曼的說法，是 a piece of writing that enters history to make something happen。就對西方翻譯理論的再思／批判而言，這八位作者的論文所標示的個／特別性不但分別彰顯了上述「重要事件」的特徵，同時也讓我們深刻地去認

識其所指示的意義方向，此即，理論終究是論理的結果，而此結果永遠是另一次論理的開始。西方翻譯理論當然也不例外：Translations of (translation) theory are always mistranslations of mistranslations。所有具有 materiality 的書寫都展現了這種個／特性，因為正是這種個／特性讓書寫者避開了思想的牢籠，打破了思想的慣性。更重要的是在理論和論理交互運動的過程中，西方翻譯理論總是會不斷地逾越語言／文化的界限，而逾越後其所轉化的「來生」也總是會象徵性地在橘枳之間變化萬千，而變化的結果到底為何，恐怕終究還是將取決於譯／釋者的舉止之間。

張上冠　2014. 02
國立政治大學英國語文學系　外國語文學院翻譯中心

# 「聖人」不再，譯者何為？

蔡新樂 *

## 摘要

進入「現代」，儒家的「聖人觀」被大加鞭撻，諸如聖人之為文化創造者、道德典範以及「通」的化身等要義被排斥在翻譯研究之外，而中華文化不得進入理論思考的範圍，造成了「主體性」的氾濫以及跨文化交流之中倫理維度的缺席，在翻譯之中對理想人物的描述上再無典範可依。

關鍵詞：聖人、翻譯研究、通、儒家思想

* 南京大學外國語學院教授。

# What Would Translators Do When Chinese Sages Are No Longer There?

Xin-Le Cai *

## Abstract

As time goes into Modernity, the Confucian notion of sage has been violently attacked and abused, to the result that the achievements of the Chinese sages as creators of culture, models of moral virtue and an embodiment of communication (通, tong) are still excluded from the field of translation studies, Chinese culture exiled from theorization, and the so-called Subjectivity overflowing and the absence of the ethical dimension sedimented in the realm, leading to the counter-examples in describing great characters in translations into Chinese.

**Keywords**: sage, translation studies, *tong* (通, communication), Confucianism

* Professor of School of Foreign Studies, Nanjing University, Nanjing, China.

# 1. 緒論

「主體性」因偏於一面而難能產生具有針對性的說服力，而「主體間性」作為同一個哲學系統所出的理論，也一樣趨於僵化。可以推論，二者分別代表的「現代」以及「後現代」的西方思想因沉湎於過分沉重的地域性的和科學主義—基督教的「西方」而不再適宜於描述翻譯研究之中的「主導力量」，因而有必要改弦更張，在中華文化之中尋找資源。而儒家思想的「聖人觀」在這種情況下的「應運而生」或可形成真正的效果。只不過，有必要首先正視歷史，正確認識邏各斯中心主義以及「殖民化」所帶來的不堪，將已經被顛倒的重新顛倒過來，並且認真吸取其中的合理因素，這樣才能逐漸回歸正確道路，不管是在理論上還是實踐之中。而本文只是從「聖人」的角度對譯者加以描述的一個初步的嘗試。

# 2. 翻譯研究從主體性和主體間性走出的必要性

## 2.1 主體性和主體間性對譯者的「科學化」危害

我們的翻譯研究一向以西方理論為指導，確切地說，是以邏各斯中心主義為指標，也就是以地域性的科學主義—基督教的「現代」西方思想為導向。一個顯例就是，對譯者的所謂「主體性」的界定和勾畫。不論這樣的「主體」其所指究竟是什麼，一個不爭的事實便是，對它的設計，必與另設的「客體」之構建相對立。而這意味著，主體之外，再無主

體。因為，「客體」永遠是物件化的東西。這種思維方式，作為典型的二項對立（binary opposition），實質上始終在圍繞著「主體」展開，而不一定關乎「客體」，因而，在將世界單一化的同時，以「客體」為代價將「主體」定為唯一。同時，「主體」既然也要成為認識的物件，那麼，就其理論化的維度是為求得認識之為認識這一目的而論，「主體」一樣會成為「客體」，而不再具有活生生的人的全幅生命朗現的可能，因而僅僅成為一種抽象的概念。依此概念化的東西，來衡定翻譯活動之中的譯者，不啻是文不對題。另一方面，單一化的「主體」既然與「客體」是分裂的，而不是統一的，「客體」只是認識、利用的物件，而不是感情的維繫之中的東西，那麼，二者之間也就成了利用被利用的關係，這樣，「主體」對「客體」的隨意、肆意的侵入，也就成了「現代」最大的成就：不論是男性中心主義的統治，還是殖民主義的橫行，在在都表現出了這樣的思維方式所帶來的歷史遺產的沉重和不堪。顯而易見，這樣的理論導向是與跨文化交流所要求的那種相與、相待以及互建呈現完全相反的取向。

由「現代」走向「後現代」，「主體性」被描述或改造為「主體間性」，也就是「交互主體」所能表現出來的那種基本特性。但是，這樣的本質化的特性的提取，所能引出的仍然還是抽象的「主體性」。如果說，在所謂「交互」的情況下人人都可成為「主體」，事事物物都能造就「主體」，那麼，衡定「主體間性」的尺度便一定是「主體性」的。再換言之，

在「互為主體」的所謂對話之中,「主體間性」由於缺少了一個內在尺度的保證,而難見其歸入自身的那種道路,進而也就成為虛構或者幻想性的東西;更有甚者,這樣的「主體間性」最終實質上要回到「主體性」的路子上去。如果「主體間性」本身就等同於「主體性」,那麼,「後現代」便仍然是滯留於「現代」之中而未及發展或展開。

可以看出,「主體」學說對於翻譯研究產生了雙重的壓榨:一方面,它只是從中提取了「主體」之為「主體」的那種抽象的概念,而不及其餘;另一方面,它盤剝了「客體」之為物件的可利用的價值,而對後者的完整性和在世之在毫不關心。在這樣的理論描述下,譯者身為所謂的「主體」,也只是在處理一個冷冰冰的物件的時候有所作為,儘管這樣的作為所觸及的並不是由生命創造出來進而富有生命質感的某種存在物——一個在世之中的存在者的文本的存在,因而也就不是在啟動或推演某種跨文化的相互往還或溝通。對生命的輕視或無所顧忌,復又將這樣的譯論乃至翻譯本身推向另一個極端:在那裡,只有言說者/西方的代表的話語,才是蘊含真理本質的東西,而其他一切都是沒有價值的。依照這樣的獨斷論,翻譯只是或只能是某一種文化的產出,而不是或難及其他文化的成果,因而後者往往會被視為落後、前歷史、無歷史或非歷史的代名詞。在多方位、多方面的文化沒有得到基本認可的前提下,所謂的交流只關乎、只觸及,或者說,只表現為一個維度,一個方面,某一類文化甚或思想形

態，而且，還要清除掉感性的素質而只是關注理性的思想的
生發和輸出。

因而，假若我們仍然堅持以「現代」的西方思想為導向，
則翻譯研究本身在思路上，已經陷入「科學／工具理性」的
迷惘：如果找不到一個說明或描述譯者本身的合理的視角，
那麼，有關問題的理論化何以可能？而且，如果理論化偏離
了現實，這種思想活動的意義又在哪裡？

## 2.2 「聖」的意義與「聖人」之於譯者的作用

正是在這裡，若是將儒家思想作為「後現代之後」的一
個視域引入翻譯研究，則有關問題，很可能得到相應的解釋
和說明。因為，從譯者的作用來看，所謂翻譯，即是在依照
一個既定的文化文本的格局在另一種文化之中生產出新的對
應物；而這樣的生產，便意味著放開一步，讓其自然生長，
自由存在，也就是「生而不有，為而不恃」（《道德經》第十
章）。譯者的這種「虛我」的「養生」或「增生」不僅是道家
的思想，更是儒家的「謙德」的表現。如朱熹對《周易・謙
卦》卦體的解釋之中所說：「謙者，有而不居之義。止乎內而
順乎外，謙之意也。山至高而地至卑，乃屈而止於其下，謙
之象也。」（朱熹 1992：23～24）。很明顯，「謙謙君子」（《周
易・謙卦》），「虛懷若谷」（《道德經》第十五章），正是譯
者的作用的真實寫照。而在這樣的描述背後，是對生命的關

注和認肯。只有如此降低自身，才可讓事物如其所是顯現出來；也只有放開一步，也才能使生機展現、萬象更新。可以看出，與西方思想相反，若從中華文化的「謙德」觀念視之，則譯者便真的只是一種「管道」，一個「媒介」：只有「虛設」自身，才能成全他者。

按照儒家的描述，最具人性的倫理價值，最有「人味」、最能體現人之為人的力量的，當是「聖人」。因此，「謙」造就的蘊含，是生命的創發的坦途。而「聖人」當然最可體現這樣的「謙德」。實際上，代表著那種「天何言哉？四時行焉，百物生焉，天何言哉？」（《論語‧陽貨》）的「默而識之」（《論語‧述而》）的創生傾向，「聖人」無為而無不為。而這樣的創生，不是正可印證跨文化的譯者的作為嗎？《周易‧咸卦》中所說的「感而遂通」，可以說，強調的就是，以感情或感受來引領交流：只有真情實感，才可確保交流的順暢或通暢。這既是在突出人間最有力量的代表的「聖人」真正的用心所在，因而自然也應視為譯者所追求的跨文化的溝通的真正境界。而這裡的自情感入手，其標的在於仁愛的滲透或仁愛在文本之中的內化。而這，很可能也是在西方思想之中所難以見到的。立足於生活的日常，而不忘記人與人之間的情感維繫，才可觸及「通」的要義。

遺憾的是，這樣的思想資源不僅從未為翻譯研究所關注，甚至根本就被排斥在研究的範圍之外。而無視人的感受甚或生命本身的力量，一味沉湎於理性的抽象設計，其思路

本身只能反應出邏各斯中心主義的一種傾向：思想只有一種選擇，「順之者昌，逆之者不死則亡」（《史記・太史公自序》）。因而，有關理論對於跨文化交流的描述，也只是控制交流的獨斷論。

由此觀之，「聖人觀」不僅應該進入翻譯研究的基本理論建構的層面，而且，也有必要引入交流之為交流的目的論之中。因為，只有將人之為人的生命提升至最高位置，交流所牽涉到並且予以提升的，才可能是真正具有生命力的。而「聖人」作為「通」的「化身」，其本身就是人與人之間真正的交流最具力量的代表：在《說文解字》中，許慎直接將「聖」解為「通」（許慎 2004：347）；章太炎進而解釋：「聖人者，通人也。通達事理曰聖。聖與聽說音相似……孔子六十而耳順，則達乎聖人之域，即善聽也。」「或謂聖當訓聆，聽當訓通，因聖從呈、聽之德也。而聽又引申為善，此說亦可從。」（章太炎 2010：488）。如此可以說明，進入「聖人」的境界，便既能聽取、吸收他人的意見和異見，同時也能順暢地表達自己，進而為人所取信。如此人物，的確有理由成為譯者的榜樣：既是譯者行為的範例，又是對之加以描述的範本。

不過，還應該指出，儒家的「聖人觀」，儘管引入翻譯研究之中的必要性顯而易見，但其可行性的道路卻一定是艱難曲折的。這是因為，既然翻譯研究的展開，從來都是以西方觀念為原型展開的，那麼，任何東方的思想形態都因為尚未進入「現代」或仍未踏上現代化的路途而被置之於歷史的進

程之外。這既是黑格爾（G. W. F. Hegel, 1770－1831）歷史哲學建構的題中應有之意，[1]自然也早已成為學界一向秉持的「先天之見」。而正是這種未加反思而一意為之的思想，造成了我們的學界本身的交流也停步於一個向度而不及其餘，終於一種思想系統而放棄他者的思想。反諷的是，也正是在這裡，研究翻譯的人，往往忽視了研究本身也應具有的交流的互動特質。執著於一個方向、一個方面，而又名之曰交流，實質上便只有一個層面、一個維度進入視野。這，難道真的是互動和交互嗎？如此偏執於一端而不及其餘的抽象化演繹，難道真的不需要在新的世紀引出反向的理論化思考嗎？

## 3. 「聖人」的顛覆與譯者的創造性

若是認可《孟子・離婁上》之中所說的「規矩，方員之至也；聖人，人倫之至也」，那麼，如果專注於翻譯的倫理維度，就首先需要辨明，「聖人」之於譯者的意義，也就是首先需要承認「感通」意義上人與人之間的那種交流的基本要求。只有這樣，可以相通的，才能達至跨文化的。可是，自從西方開始「關注」東方，貶低甚至無視一方文化藉以抬高另一

---

1　黑格爾曾經指出：「中國和印度可以說還在世界歷史的局外，而只是預期著、等待著若干因素的結合，然後才能夠得到活潑生動的進步。」引自氏著、王造時譯，《歷史哲學》，第161頁，北京：生活・讀書・新知三聯書店，1956年版。

方文化的做派，在幾乎所有的翻譯之中都有一定的表現。這樣，跨文化交流實質上不過是一種輸出，或者是對強勢文化「普世性」或「普適性」的變相說明。

以理雅各（James Legge, 1815－1897）為例。這位翻譯大家先後譯出了「四書五經」以及《道德經》和《莊子》等諸多中國典籍。但他對儒家思想的認識，始終是以基督教為導向的。比如，他在《易經》的（譯者）〈引言〉（Introduction）之中引用了《周易》之中諸多有關「聖人」的論述，進而得出這樣的結論：

上述所有這些，都是對聖人或古代聖人的斷言，儘管作者這裡很可能指的是伏羲。而這樣的斷言，大張其詞，而無所不用其極（more than sufficiently extravagant），同時讓我們聯想到《中庸》之中所講的聖人「可以贊天地之化育，則可以與天地參矣」。（Legge 1965: 40）

理氏後一句話的譯文是：the sage, able to assist the transforming and nourishing powers of heaven and earth, may with heaven and earth form a ternion (Legge 1965: 40)。很明顯，他特意避開了可能讓人聯想到基督教教義之中的那種 trinity（聖父聖子聖靈的三位一體），轉而選用表示數目組合的詞：ternion（三個一套，三合一，三人〔事物或思想等〕的組合）。這樣，也就把原文之中「參」的宗教意味和神聖莊嚴庸俗化了。

就理雅各所舉的例子來看（如《易傳·繫辭》所說的「聖人有以見天下之賾，而擬諸其形容，像其物宜，是故謂之

象。」），有關文字是在突出，「聖人」就是中華文化的締造者。可以說，離開了「聖人」，在原初的意義上，我們將一無所有。因為，一切的人文，都是自聖人之「作」開始的。所以，《周易‧文言傳》才強調：「聖人作，而萬物覩」；意思是，有了「聖人」的興起和作為，文化世界出現，萬事萬物才可能產生。

這裡無意對理雅各的翻譯成就展開討論，而只是想指出：在漢語語境之中，「聖人」作為文化的創發者，有可能站在另一種文化立場將之全盤否定嗎？即使透過「理性」的辯說能加以批判，即使被攻擊得千瘡百孔，「聖人觀」也會在無意識之中遺留下相應的痕跡，讓人聯想到那還是文化的遺存（詳見本文第5節）。實際上，只有像「聖人」那樣，贊助或輔助（「贊」）「天」和「地」的創造活動，也就是，介入真正的自然的創生，人才可能與「天地」三足鼎立，達到「參」的地位。因而，在中華文化的宇宙論之中，「聖人」自始至終就是創造的典範。離開了這樣的創造者，文化創造將無從談起。

正是由於「聖人」可能具有與基督教的上帝相媲美的創造力量，因而，理雅各無論如何也不會加以認同。無怪乎，他會用那麼強硬的口氣，來強調那是「誇大其詞」。實際上，對於「聖人」的文化創造，孔夫子也要感歎：「郁郁乎文哉，吾從周。」（《論語‧八佾》）而正是文王、武王、周公這些「聖人」或「聖王」，創建出了前所未有的輝煌。所謂「制禮作樂」，正是一種文化的建設的起始。因此，孔夫子的感歎之

中，也就飽含著無限的神往。

但是，進入「現代」的期盼，卻使眾多思想家們在轉向西方的同時，將「聖人文化」徹底唾棄。看一下歷史，就會明白，「現代」的「先行者」們，對「聖人」的口誅筆伐，其觀念正是理雅各們極力營造的那種文化的「整合」和「統一」——趨向「現代」的「科學」的權威，實現文化的單一化：

1907年，《河南雜誌》刊登《無聖論》及《開通學術議》，抨擊以儒家為首的傳統思想，指責聖人是中國不可思議的怪物，「難怪士大夫素崇孔子，莫敢懷疑，故數千年來思想滯閡不進，學術凌遲，至不可救。」（陳遠 2006：78）

1917年1月1日陳獨秀（1879－1942）在《新青年》2卷5號《通信》欄中發表吳虞《致陳獨秀》，同時發表自己的回信《答吳又陵》：「無論何種學派，均不能定為一尊，以阻礙思想文化之自由發展。況儒術孔道，非無優點，而缺點則正多……此不攻破，吾國之政治，法律、社會道德、俱無又出黑暗而入光明。」（陳遠 2006：79）

1926年，顧頡剛（1893－1980）演講詞《春秋時代的孔子和漢代的孔子》（後在《廈大週刊》1926年第160～162期刊出），稱：「如果孔子的本質可以說是聖人，但何以孔子前不用聖人的名來稱後世所承認的幾個古帝王？又何以孔子之後沒有聖人出來？可見聖人的出生不是偶然的，而是一定的時期，就是春秋時代之末的必然產物。」（陳遠 2006：72）

1927年，「厚黑教主」李宗吾（1879－1943）發表《我對聖人之懷疑》，稱：「現在中國的學者，已經把聖人批得身無完膚，中國的聖人，已是日暮途窮。」（陳遠 2006：76）

對比一下經典之中對「聖人」的論述，便會明白：歷史的顛覆，原本就是對中華文化最為傑出的成就的組成部分的解構：

1.《書‧洪範》。傳：於事無不通謂之聖。

2.《論語‧泰伯》：大哉，堯之為君也，巍巍乎唯天為大，唯堯則之。

3.《孟子‧告子下》：人皆可以為堯舜。

4.《大學‧治國章》：堯舜帥天下一仁。

5.《老子》第五十七章：故聖人云：我無為，而民自化；我好靜，而民自正；我無事，而民自富；我無欲，而民自樸。

6.《中庸》：「詩曰……『於乎不顯，文王之德之純。』蓋曰文王之所以為文也，純亦不已。」

7. 司馬遷《史記‧五帝本紀》：天下明德，皆自虞舜始。

8. 曹操〈短歌行〉：周公吐哺，天下歸心。

9. 陸象山《象山全集‧與胡季隨書》：諸子百家往往以聖賢自期，仁義道德自命。

10. 杜甫〈奉贈韋丞丈二十二韻〉：諸君堯舜上，再使風俗淳。

在儒家的思想形態之中，「聖人」作為真正的創造者，文成天下，因而，最能凸顯「斯文」（《論語‧子罕》）之大義。

所以，《中庸》才會有「文王之所以為文也，純亦不已」的描述。而正如《逸周書・諡法解》之中所說：「經緯天地曰文，道德博聞曰文，學勤好問曰文，慈惠愛民曰文，民惠禮曰文，賜民爵位曰文」（黃懷信、張懋鎔、田旭東 2007：635～637），「文明以止」（《周易・賁卦・象傳》），才能造就出一個充滿生機、「既文且明」的世界。

而對此一世界的締造者的轛伐，首先意味著是將文化創造的權力交給了另一種力量，而這種力量必然不在中華文化的傳統之中。因而，孔子所說的「郁郁乎文哉，吾從周」（《論語・八佾》）的抱負，在一個時代過去之後，已經成為世人唾棄的東西。在「科學」的「現代」振起之時，傳統之所以成為傳統的力量，奄奄待斃。一種文化的興起，就這樣以另一種文化的覆滅為代價？其次，由於「聖人」的理念被打翻在地，理想人格難以尋覓，留下的或只有「客觀」的「物體」以及對之無休止的追索和脅迫。這樣，孔子所說的「甚矣吾衰也！久矣吾不復夢見周公」（《論語・述而》）的確有可能真的成了衰敗的跡象：周公不復「夢見」，而文化中國也不再強盛。最後，對於翻譯研究有可能最重要的是，由於「聖」本身就是「通」的代名詞，因而，它的解體和崩潰，也就意味著一個文化結構性的互通有無，一種文化的有史以來所突出的那種人際和諧在於交流的思想或理想的覆滅。

反過來看，正是有了「聖人觀」這種儒家思想資源，我們才可能，第一，對譯者趨向原初的創造性做出合理的解

釋。因為，那畢竟不是一般意義上的構造，更不是專業技術意義上的建設，而總是「從頭做起」：即以本能的仁愛之心，去迎接、迎合有利於社會和諧的那種跨文化的「感通」。第二，譯者既然要置身兩種文化之間，發揮溝通作用，那麼，就人格的培養而論，理應以最具理想價值的典範為榜樣，而「聖人」自然是最佳選擇。第三，同樣最重要的是，既然「通」本是交流的要求，或者說就是交流的唯一目的，那麼，向「於事無不通」的「聖人」討教，向儒家思想深處求索真意，也就應該成為譯之為譯的行為的不二法門。

## 4. 「聖人」與譯者的異曲同工之處

上文所討論的「聖」，其威力表現在：一，既善於傾聽，便可容納他人意見和異見，具有極大的包容力；既善於容納，便有可能更為便利、更為有效地與人相往還。因而，「聖」的最大力量表現即為「通」：既能與人相溝通，同時又可溝通天地甚或鬼神。「聖」因而就成了人間智慧的代表。二，在中華文化史上，抵達「聖」的境界的，都是德高望重的人物。而這樣的人物不但是道德典範，而且，還是無可比擬的感召人心的力量的現實化。因而，對「聖人」的推崇和敬仰始終是中華文化不可分割的一個部分。三，值得再次強調的是，「聖人」是中華文化幾千年原創力量的始發點。在「聖人」那裡，中華文化才有源頭可言，因而也才會有數千年

的傳承與發展。總之，「聖」既是智慧的化身，道德的典範，同時還是文化的象徵。而對翻譯研究來說，「聖人」之「（神）通」，當不只是表現為天人相通，同樣重要的是還應該再現或見效於跨文化的領域。

明乎此，則「聖人」在近代以來的被顛覆，已經嚴重地威脅到了中華文化本身的健康生長甚或存在。而「聖」的理念，既然已經成為幾千年來無可取代的文化理想，那麼，我們的翻譯研究也就不能不從中有所提取。顯而易見，「聖」的理想就其身為「通」的智慧化身而論，實質上正是我們必須回歸的。

不過，還應該指出，一般會認為，在儒家思想中，「聖」作為「通」的代名詞，更多突出的是「上下貫通」，而不可能像我們現在這樣專門關注文化的邊界開拓。但是，另一方面，交流既然有時間的向度，也自然包含空間的規模。《論語·學而》的首章就旗幟鮮明地提出「學而時習之，不亦說乎？有朋自遠方來，不亦樂乎？人不知而不慍，不亦君子乎？」如果說，如朱熹所說，「學而時習之」講的是「後覺效先覺」（朱熹 1995：61），注重時間意義上的學習，亦即一個系統之內的傳統的傳承，那麼，「有朋自遠方來，不亦樂乎」突出的便是空間意義上的交流，注重的是學者心靈的敞開與精神視野在地域或地緣意義上的拓展。而這樣的開拓進一步意味著，人需要不斷跨出各種邊界，走出現實之中的自身，向著異己的力量，向著萬千可能的他者開放。因而，歷時的

學習需要確定自我在文化傳承之中的地位,而空間意義上的學習則意味著,要向他者求得天下的共有、共通的生存之道。二者同等重要,缺一不可。可以說,在我們過去對儒學的研究之中,後者幾乎沒有受到應有的重視,即使有所關注,那也只是陸象山所強調的「心同理同」(陸象山 1992:173)的論斷,而未及自我與他者的共通性在差異方面的立基。如果情況就是這樣,那麼,由此而來的思想開拓,的確便自有其歷史意義了。

無論如何,依照上文分析,便可看出,作為跨文化的交流的一種形式的翻譯,若以儒家思想為理論資源,譯者在修身、文化創造以及溝通的仁愛基礎諸多方面必然依賴「聖人」的榜樣和初創力量。按照儒家思想,既然「聖人」就是人間的典範,那麼,在實際活動之中跨出了文化邊界的人物,不可能不成為一種或多種文化的代表。在這個意義上,我們有理由對譯者產生與「聖人」類似的期許。若就交往交流的倫理意義上看,則「聖人」的文化象徵作用,與譯者也是完全一致的。也就是說,在「聖人」創造性地發揮文化的建設作用,進而促進文化發展上,譯者完全具有與其一致的特性和傾向。之所以如此,原因就在於,譯者同「聖人」一樣,也要時時處處關注「感通」,關心人間的情感是如何維繫在一起的。也只有如此,才有可能真正展開翻譯的基本工作:以一己之力,感通他者;以個人的辛苦,換得多種文化心靈的敞開或心跡的吐露。

理論上對譯者的描述，要依據「聖人觀」；而在翻譯活動之中涉及人物的刻畫塑造的地方，情況也是這樣。

## 5. 「聖人」的「失範」：以 "The Quest" 的漢譯為例

「聖人」既然是典範的人格，那麼，毫無疑問，對理想人物的描寫，在漢語之中，也就不能不以之為標準，尤其是那些為世人所敬仰的人物。這意味著，翻譯過程中對有關人物的再現，與人格的培養的過程是同步或一體的。史沫特萊（Agnes Smedley, 1892－1950）《我的道路：朱德的生平與時代》（*The Great Road: The Life and Times of Chu Teh*）之中的選段 The Quest 的漢譯，就是這樣一個例子。

這個選段，是《英漢翻譯教程》中的第一篇課文。[2]有意思的是，本來是描述朱德（1886－1976）六十歲以前生涯的著作，從中選出的文字焦點卻是在周恩來（1898－1976）身上：朱德為了尋找革命道路，遠渡重洋，來到柏林，找到後者並在其幫助之下加入了中國共產黨。因而，選文之中的主角實則是周，而不是朱。這便很容易讓人聯想到1974年那場名為「批

---

2　此書的漢譯本1979年由生活‧讀書‧新知三聯書店出版，1985年作為《史沫特萊文集》第三卷改由新華出版社出版。譯者署名為：梅念譯，胡其安、李新校注。莊繹傳所編《英漢翻譯教程》1999年由外語教學與研究出版社出版。後者選段的標題「探索」原是漢譯本第四篇的題目（見此書新華版第166頁）。

林批孔批周公」的政治運動。不過,那是名副其實的「影射」,與我們的關注點截然不同。

但從另一方面來看,這種對傳主的主導作用棄之不顧,轉而關注書中另一個人物的作法,可能是要把後者視為一個理想人物。而巧合的是,這個人物正好也可稱為「周公」,因而與「思兼三王」(《孟子・離婁下》)的歷史上的周公,具有同樣的「名分」。因而,我們有理由認為,教材的編者可能是認為,周恩來在現代史上的作用,完全可以抵得上周朝的周公,或者至少是,與之具有同樣的人格魅力。但由此引出的問題是,我們該如何從「聖人」的角度,在翻譯中對之加以塑造?

這裡再一次遭遇到「聖人觀」被顛覆之後所形成的困境。大而化之,便會認為,其中隱含的危機就是:人倫道德再無典範可依。假若這樣的局面意味著道德淪喪,我們又該如何去印證,民族文化的確有能力與他者進行交流?這樣的危機,或許正是上述「現代」的先行者所未及思考或不願納入思考範圍的。但是,或許也就因為由此而來的負面的影響,所造成的「聖人」的缺席,跨文化翻譯對理想人物的再現,才會找不到相應的語言表達或有精神實質的思想內涵的語句?

不管怎樣,刻畫理想人物,一開始就要啟用「聖人」的思想資源。因為,不如此,便很難說,能夠達到基本要求。在下引幾例中,可以發現,有關譯文出現的問題,很可能就

是人物塑造所需要的資源的匱乏所造成的。

例 1. When Chou En-lai' door opened they saw a lender man of more than average height with gleaming eyes and a face so striking that is bordered on the beautiful.

周恩來的房門打開時，他們看到的是一個身材瘦長、比普通人略高一點的人，兩眼閃著光輝，面貌很引人注意，稱得上清秀。（莊繹傳 2002：3）

很明顯，譯者有意把周恩來塑造成一個與眾不同的人。但是，「比普通人略高一點」與原文只是身高的描寫並不一致，因而只具有突出社會地位的意味。也就是說，譯者的傾向可能是正確的，但文詞設計沒有置於正確的所在。實際上，由於沒有把握到一般用語與此處人物形象所需要的那種用詞的區別，因而，「比普通人略高一點」因「引人注意」這種詞句選擇又滑向另一個方向：「引人注意」很可能指的是，那種面相不善，甚或讓人覺得不太合乎社會規範的人，比如小偷？而原文意思是說，周恩來身為男性，很有魅力，因為他「長相與眾不同」，幾近「秀麗」或「秀美」；後者與「壯美」或「剛陽之美」相對，正好隱含著傳統審美觀念之中的那種對偶性。如杜維明所說，在儒家思想中，對偶是一種「基本的人際關係」（杜維明 2008：135）。另一方面，如果說，陰陽互補是中國哲學的基本構造，那麼，在這種構造基礎之上的

略顯奇異的特性，便似乎能突出一個與眾不同的人物的獨特之處了。

此外，此例在選文當中是第二段的第一句，原文此時開始轉向對周的描寫。而譯文先是點出「周恩來」，接下來卻將之置於一邊，轉而回到「他們」（來拜見周的朱德二人），這種焦點轉移不僅在邏輯上造成問題，而且，也與漢語的表達習慣背道而馳。

例 2. Chou was a quiet and thoughtful man, even a little shy as he welcomed his visitors, urged them to be seated and to tell them he how he could help them.

周恩來舉止優雅，待人體貼，在招呼他們坐下，詢問有何見教的時候，甚至還有些靦腆。（莊繹傳 2002：3）

此例更進一步突出了形象刻畫之中的語言表達的思想蘊含的問題。按照一般的理解，quiet（沉默）不會有「優雅」的意思，也很難與「舉止」搭配。而從 shy 來看，thoughtful 不會有「待人體貼」的意味。因為 shy 可能意味著「拘束」或者「放不開」，因而，這裡的周還不至於顯現「體貼」。

就語言設計上看，若是一般人物，則完全可以用「沉默寡言」、「愛好思考」來傳達 quiet 和 thoughtful 二字的意思。但是，這段選文畢竟是記載朱德求索革命真理的一件大事，因而，理應選用莊重甚至莊嚴的語調的詞句。而且，如上文

所說，周這樣的人物，其本身也需要用某種相應的詞語，才能表現他的風範。而一旦觸及風範，我們也就不能不考慮，如何在經典之中尋找適宜的表達方式，將之如實再現出來。比如，《大學》之中所說的「定而後能靜；靜而後能安；安而後能慮；慮而後能得」。若將「定而後能靜」改寫為「靜定」，將 thoughtful 譯為「多思」，則或與原文意思庶幾近之。至於 shy 一詞，既然也是描寫人物的一個關鍵字眼，因而，同樣需要考慮經典的支援：或許可以聯繫上朱熹對《周易・象傳》之中「象曰：地中有山，謙」的解釋：「以卑蘊高，謙之象也」（朱熹 1992：116）。

既然「以卑蘊高」可以刻畫出「謙謙君子」（《周易・謙卦》），那麼，依此造句，或可用「以拘蘊放」、「以斂蘊張」、「以曲蘊（映）直」以及「以微蘊顯」或「以縮蘊伸」，來再現這樣的人物的形象。因而，即使不能直接如此行文，若是選詞能產生對偶的聯想，那麼，有關取捨在指向上也可能是正確的。這樣，便可將 shy 一詞轉換為「拘謹」甚至「矜持」之類的表達。比較而論，「靦腆」可能是對小孩子或者女性的描寫，而不具有道德意蘊。

因而，在詞語的選擇上，經典始終是不能放棄的參照和標竿。只有在這裡，才能找到人物塑造的那種活水源頭：

例 3. He wanted to join the Chinese Communist Party group in Berlin, he would study and work hard, he would do anything he was asked to do but return to his old life, which had turned to ashes beneath his feet.

　　他要求加入中國共產黨在柏林的黨組織，他一定努力學習和工作，只要不再回到舊的生活裡去——它已經在他腳下化為塵埃了——派他做什麼工作都行。（莊繹傳 2002：3）

　　「回到舊的生活裡去」是對原文的複製或搬運，而不太像是翻譯。朝著既定的目標的轉化，才可能觸及原文意蘊的再現或再傳達。至於「它已經在他腳下化為塵埃了」也有同樣的問題。因為，漢語一般很少使用代詞，尤其是在不能清楚地表達所指的情況下。比如，這裡的「它」。至於「化為塵埃」，如果希望譯文更有文采一些，或許可以啟用陸游的詞《卜運算元・詠梅》最後一行「零落成泥碾作塵，只有香如故」之中的「碾落成塵」。

　　在經典失落、傳統失衡的情況下，有關人物的描寫也就可能再也找不到對應的表達。這一點，還應歸因於，最為崇高的人物形象、最為典範的人格的不復存在。既然那些道德文章深入人心的人物早已被打翻在地，那麼，如何可能希求譯者再加重視？這樣的形象，還能產生像過去那樣的道德約束力和理想作用嗎？進一步追問，又如何希望，譯者能衝破種種魔障，跨過時空的千山萬水重新展現德性的偉岸與力量？或許，在文辭上，在修飾的語句上，譯者可以起到某種顯示道德力量的作用，但是，若是以整個社會，整個時代，

甚至是整個文化的走向而論，譯者可能具有那麼大的能力，要求並不一定很多的譯文讀者，以本來就是「異己」的眼光、根本就是「他者」的視角，來判定目的語文化的種種不堪，甚至表現出久已失落失傳失衡失信的教化，去重新建造出一種嶄新？

但是，無論如何，就《偉大的道路》而論，既然寫的是偉人歷史之中的大事，那麼，一個不爭的事實就是，那是需要啟用經典之中的詞句，來塑造本來就是這一文化傳統培養培育出來的人物的形象的。儒家仁愛的倫理要求，其本身就是在希聖希賢、成聖成賢的道德關懷之中發育的，因而，「聖人」始終就應該是道德標準、人格理想。明乎此，則形象塑造，若以道德理想而論，實際上即是要求回歸歷史現實，而且，應該是回歸最為經典的思想現實。

這樣看來，問題還是在於，我們如何跨出「現代」的藩籬，將理雅各以來對「聖人」的那種顛倒，再顛倒過來。


## 6. 去殖的理論歸路

一旦觸及「聖人」的「失範」，就不應忘記，在翻譯研究領域，觀念的力量是內容一面的問題，而語言表現或表達則最終關乎譯文的另一方面。因而，「後殖民」諸多理論家的思想，還是需要認真對待的：殖民的歷史造成的慘禍和危害，是如何扭曲了跨文化交流；面對種種扭曲，我們又該如何作為。

法儂（Frantz Fanon, 1925－1961）指出：「殖民主義並沒有單純滿足於將它的規則強加給被殖民的國度的現在和未來。憑藉某種變態的（perverted）邏輯，它還要轉向被壓迫的民族的過去，進而使之扭曲、變形，並且予以摧毀。」（Fanon 1966：170）如此看來，昔日即使並不十分美好，但它畢竟是傳統其來有自的所在，因而不能不加以珍視，尤其是在跨文化的交流過程當中，否則，正如上述，有關交流就可能少了一個方面的參與者的思想資源的支撐，而變成單方面的獨語或自白。這不正是近代以來所謂的中西交流當中一再上演的東西嗎？而那樣的交流，實質上類如一場戰爭。誠如卡布拉爾（Amilcar Cabral）所說，為了達到某種「控制」，需要「拿起武器」，去「毀掉文化生命，或者說至少是使之中立化或癱瘓」（Cabral 1994: 53－56）。而這樣的「殖民化」就本文所討論的問題而言，最為突出的表現就是「去人格化」（Tymoczko 2004: 79）。這樣，作為一種反動——「去殖」，或許，也需要像提莫志克所說的，如法儂所教導的，去再創出一種「反抗的詩歌」以及「鬥爭的文學」（Tymoczko 2004: 178）？

# 對文化派翻譯觀的系統思辨

趙彥春*

## 摘要

　　本文是對文化派翻譯理論的系統質疑、思辨與證偽。以芭斯奈特（Bassnett）和勒斐維爾（Lefevere）為首文化派基於後哲學的非理性主義強調文化對翻譯的制約作用，致使傳統理論思想和語言學派建立的翻譯理論體系被消解。文化派對權力關係、贊助者、意識形態等因素進行系統分析和論述，試圖以此否定傳統翻譯觀、翻譯方法和翻譯成果以支持「翻譯即改寫」或「翻譯即操縱」並不反映翻譯本質的命題。本文通過論證，說明文化派誇大文化制約因素，揭示他們將種種制約因素歸為一類進行論述，違反了邏輯矛盾律，藉此不可能總結出預測翻譯現象和過程基本規律。

　　關鍵詞：文化派、翻譯理論、制約因素、證偽

＊　天津外國語大學外國語言文學文化研究中心主任、教授。

# A Critical Thinking on Cultural Turn in Translation

Yan-Chun Zhao *

## Abstract

This paper is a systematic reflection on the culturalist theories. The Translation Studies School headed by Bassnett and Lefevere lay great emphasis on the constraints of culture on translation and attempt to negate traditional theories and practices of translation through analysis of such factors as power relationships, patronage, ideology and dominant poetics so as to support their proposition that translation is rewriting or translation is manipulation. Through counter arguments this paper holds that culturalist theorists overemphasize the constraints, violate the law of contradiction in their arguments and put all the constraints into one category, hence unable to find the law to predict the phenomenon and process of translation.

**Keywords**: cultural theorists, translation theories, constraints, falsification

\* Professor and Director of Foreign Language, Literature & Culture Centre of Tianjin Foreign Studies University.

# 1. 引言

　　霍爾姆斯（Holmes 67 – 79）在「翻譯學的名與實」一文中提出了翻譯學科的宗旨：「翻譯學有兩個主要目標，一是描寫從我們的經驗世界裡表現出來的有關翻譯過程和翻譯作品的各種現象，二是確立一些普遍的原理，以描寫和預測上述現象。」我們可以以這一論述作為檢驗標準，驗證翻譯研究中的主流學派——文化派的研究。

　　文化派代表文化的翻譯轉向和翻譯的文化轉向。他們是否是朝著霍爾姆斯提到的兩個主要目標努力的呢？評論界幾乎一致肯定他們的研究，並順應他們的主張，否定傳統範式的已有成果和研究方法。我國不少學者以此為參照，反觀自己，自愧於我們學科發展的滯後。

　　筆者的觀點是，文化派在文化的大語境下考察翻譯行為，其出發點是對的，因為文化中蘊藏著驅動和制約翻譯的本質性的東西，但是他們沒能做到客觀、全面的描述。描寫上的失實與矛盾必然影響霍爾姆斯確立的第二目標的實現，其結果他們沒找到，更沒確立普遍的翻譯原理，因此也就不能描寫和預測翻譯過程和翻譯作品中的各種現象。而且，他們關於翻譯本質的探討與結論是偏頗的，甚至是極端的，對翻譯的理論建構和實踐活動都有著不可估量的誤導作用。

　　本文我們重點考察文化派的研究重點——文本外因素，即文化對翻譯的制約因素。我們雖然肯定文化派在拓展研究範

圍方面的某些作用，但我們需要明白其作用到底是什麼，需要考察他們在文化與翻譯相互作用方面的研究到底有何意義。如果說文化派的研究有積極意義，那麼其積極意義表現在哪些方面？如果說有消極意義，那麼其消極意義又表現在哪些方面？

## 2. 文化派的理論轉向及研究上的不足

　　文化派以影響翻譯的文本外因素作為切入點，看到了翻譯過程中存在的某些現象，並進行了經驗性歸納。由於這種歸納不科學，又加上「先入為主」的演繹式思維的引導，在論述過程中違反了邏輯上的同一律，[1]同時犯下了誇大外部制約因素的錯誤。文化派不滿意於「微觀」的語言層面的研究，把翻譯看作宏觀的文化轉換，並且認為跨文化的文本轉換及其產生的作用絕不僅僅取決於文本本身的內在價值——包括語言層面的對應和相應的美學構成，於是把翻譯放到文化的大背景下對其進行考察，開始考慮語境、歷史、規約這類更為宏大的課題。文化派跟從佐哈爾（Even-Zohar）的多元系統論主張，認識到文化對翻譯的制約作用，將翻譯的研究重點從原作轉向了譯作，從作者轉向了譯者，從原語文化轉向了譯

---

1　同一律（the law of identity）又稱為矛盾律（the law of contradiction），是形式邏輯的基本規律之一，要求在同一思維過程中，對同一對象不能同時做出兩個矛盾的判斷。

語文化，以求對翻譯和譯者的地位與作用有一個新的認識。芭斯奈特（Bassnett 123）指出：「翻譯過程的研究與具體的翻譯實踐相結合，可以讓我們明白複雜的文本操縱過程是如何發生的：比如翻譯時是如何選擇的文本，在選擇過程中譯者起什麼作用，編輯、出版者或贊助者起什麼作用，什麼標準決定譯者的翻譯策略，譯本在目標語系統中是如何被接受的。」也就是說，翻譯不是在真空中發生的，譯者受著文本和文本外各種各樣的制約。這些制約或文本轉換過程中涉及的操縱因素已成了翻譯學研究的焦點。為此，翻譯學已轉變了方向，也已變得「更廣」、「更深」。在他們的倡議和推動下，翻譯學像文化學一樣轉向了人種論、歷史和社會學，由此翻譯也就有了新的內涵：「語言轉換」變成了「文化轉換」。他們使翻譯學走出狹隘的研究領域，賦予它跨學科（interdisciplinary）或無學科（a-disciplinary）屬性──翻譯不再是機械的語言轉碼，它是傳遞文化資訊的媒介，文化構建的一種方式，文學更新的重要工具：推動某種文學形式的形成和發展，操縱一個特定的社會以構建所需的文化。同時，翻譯還是一個記載文化與文學史興衰演變的資料庫。基於此，他們樹立了翻譯學的研究目標：「產出一個可以作為譯本產出指導綱領的綜合性理論」。這一理論既不是新實證主義的，也不是感悟性、闡釋性的，而是要不斷用個案研究來驗證的。他們以文化研究、反霸權運動為參照系，拓展「文化與翻譯互動的新空間」。他們摒棄古老的評價式方法，宣導理論與實

踐相結合的新方法，研究在翻譯這一文化轉換過程中文本所涉及的種種因素。

可以說，這種從譯者的主體性和譯入語文化的角度對翻譯進行研究的方法的確為翻譯研究提供了新的視角。作為研究的切入方法，這種轉向是沒問題的。問題在於，翻譯學發生轉向之後他們是如何進行研究的，其研究又有多少合理成分。

人類對世界的認識是漸進逼近（asymptotic approximation）的。人類兩千年以來的對翻譯的認識不可能沒有合理內核。所以，一方面的研究不一定，也不應當以犧牲另一方為代價。然而，翻譯派自拓展了一片研究領地之後就自始至終地否定傳統的研究成果和研究方法了。他們對傳統翻譯研究的態度不是批判繼承、去粗取精，而是顛覆、瓦解、拋棄。

文化派認識到翻譯在文學中所起的作用，把翻譯看作促進變革的一種主要的塑造力量（shaping forces）。但是，在他們看來這種力量是譯者通過操縱原文而操縱社會的力量，不是或不完全是原作的固有價值所產生的力量。的確，翻譯的成功不僅僅取決於文本本身的內在價值，翻譯也不是在真空中發生的，但這並不是說文本本身或文本的內在價值不值得研究，不值得正視，而要去否定它，推翻它。然而，在文化派看來，傳統的語言層面「忠實」、「對等」之類的研究正是消極的、負面的，而文化語境下的文化與翻譯的互動研究才是積極的、正面的。勒斐維爾（Lefevere "Accurating Bertolt

Brecht" 12）認為傳統的規範方法（normative approach）長期以來阻礙了我們對於翻譯的認識。芭斯奈特（Bassnett "Researching Translation" 124）則認為，這類研究已經過時。她說，「在見證了解構主義湧起的這個時代，人們還在討論『確定性的』翻譯，還在討論『準確』、『忠實』及語言與文學系統之間的『對等』。翻譯學科是個灰姑娘，一點都沒有得到認真的對待。用於討論翻譯的語言，與上位的主導文學研究的新批評辭彙相比真是令人吃驚地陳舊。」

概而言之，在文化派看來，他們之前的翻譯研究一直停留在「對等與否」的文字層面上，始終不能以寬容的態度分析「叛逆」背後的文化因素，他們認定這種一味沉溺於文字形式轉換這一微觀層次上的研究缺少理論指導的前瞻性與宏觀性，因此也就無法認識到翻譯的真正功能和作用。在這種情況下，只有讓翻譯研究與文化研究走出各自的象牙塔，將兩者有機地結合起來，才能挖掘出文字背後的文化淵源，分析社會的文化功能，從而形成具有宏觀指導意義的理論體系來指導翻譯實踐。

我們認為，翻譯研究無論從文化著手還是從語言著手都只是切入點不同。從語言的轉換切入並不排除文化因素，這種研究應該是蘊含了一切文化因素的語言轉換規律；從影響翻譯的外部因素切入也不應該忽視或排除語言的轉換規律。翻譯的根本是「易」，即「換謂言語以相解也」，文化派不屑於語言上的字次句比，自然就難以發現語言之間的轉換規律

了，也就抓不住翻譯的本質特徵了。關於文化派的研究，我們姑且做出如此判斷：他們從外部因素切入所作的關於翻譯本體的一切見解和結論幾乎都是偏頗的、錯誤的，而他們關於外部因素本身的論述也是不無問題的，體現為誇大事實和邏輯混亂兩個方面。文化派涉及的外部因素是下文分析的重點。

## 3. 翻譯的制約因素？

顧名思義，文化派的研究重點或特色在於文化。他們認為翻譯是文化建設的重要力量，同時也受到現有文化的制約，而且文化的制約又是其研究的重中之重。為此，勒斐維爾提出了文化架構（cultural grid）理論。根據這一理論，某種架構系統可以映現出文本在某一文化中的作用和地位，以及它在另一文化中可能起到的作用。這一系統可以顯明文本在跨時間、跨文化這兩個維度上都經歷了各種各樣的變異。權力將意義強加於文本，並將權力關係隱藏於文本之中。他們從權力關係、贊助者、意識形態等方面論述文化對翻譯的制約關係，認為翻譯從選材到發揮作用都受到權力關係、贊助者、意識形態、詩學、審美取向和譯者、讀者、評論家等多種因素的影響與制約。在我們生活的世界以及我們先人生活的世界裡文化的塑造力量都在起著作用。文化派的這一判定本身沒有錯，但卻不是科學的判定，而只是簡單的經驗歸

納。這些因素不能歸結為同一性的東西，因為這些因素不一定是協同的，一個可能與另一個相衝突，同時這些因素又可能是互相重疊、互相包容的，構不成一個明確的概念範疇。以下，我們擇其要者，分類辨析，各小節彼此獨立，但可互為表裡，互相發明。

### 3.1　權力關係

我們首先看看文化派所認定的權力關係和文本產出之間的關係。芭斯奈特認為文本可能存在於權力關係網絡之外這一觀念已愈發令人難以接受了。如左拉（Emile Zola）的小說英文版出版時由於審查關係被譯者、出版者大量剪輯。她所舉的這類例子可以說不勝枚舉，此處就毋庸贅述了。芭斯奈特（Bassnett "The Translation Turn" 137）引用維紐提（Venuti）的話說：翻譯不管何處，不管何時，不管如何發生，都總是在某種程度上受到限制。「翻譯過程中的每一步驟—從國外文本的選擇到翻譯策略的實施，到譯本的編輯、評論、閱讀—都受到目標語言中流通著的各種文化價值的調解，而且總是呈現著某種層級體系。」我們認同這類現象和觀點，卻難以認同他們對這類現象和觀點的誇大，更難以認同他們在論述上的矛盾。比如，勒斐維爾（Lefevere "Chinese and western" 18－20）關於西方翻譯「忠實」原則淵源的論述與這一觀點相左，它恰恰說明權力不具有將意義強加於文本的作用。勒斐維爾

說「忠實」是西方興起的關於翻譯思考的核心觀念。他引用維爾米爾（Vermeer）的研究成果並結合自己的認識列舉了西方「忠實」傳統的三種成因：（1）翻譯的發源地蘇美爾與阿卡德是一個雙語社會，兩種語言差別很大，蘇美爾語與阿卡德語雙語詞典使人將注意力集中於兩種語言之間詞與詞的對應，而且是脫離語境的詞與詞的對應；（2）蘇美爾語與阿卡德語等語言中語法單位的詞與柏拉圖的「邏各斯」概念相統一，被「客觀」地論斷為某種恆定的客體──超越任何個體語言的第三元素（tertium comparationis），翻譯因此變成了語言的轉碼；（3）柏拉圖的「邏各斯」從抽象化到人格化的轉化進一步加強了人們對詞的專注，抽象化的第三元素與希伯萊的雅威（Yahweh）[2]相融合，基督教的神由此而生。通過勒斐維爾的這一論證，我們可以得出與權力制約論完全相反的結論：西方這種源遠流長的奉行「忠實」原則的傳統排斥著權力對翻譯活動的干涉。可見，「忠實」原則與權力關係是一種相互制衡的關係，而不簡單地體現為權力對「忠實」的否定。

## 3.2 贊助者

我們再看看文化派一再強調的「贊助者」對翻譯的影響。勒斐維爾（Lefevere 15）對贊助者做出了這樣的界定：贊助者

---

2　Yahweh 即耶和華 Jehovah。

的概念很寬泛，可以是個別的人，也可以是團體，如宗教集團、政黨、階級、皇室、政府部門、出版商以及大眾傳媒機構，等等。芭斯奈特（Bassnett "Researching Translation" 47）甚至把書商和朦朧的「受眾的預期」也歸入贊助者。根次勒（Gentzler x）論述了贊助者對翻譯的影響。贊助者對翻譯的影響遠不止譯本的選擇這一方面，它通過思想意識、經濟和地位這三種因素左右著譯本形成的整個過程。不同的贊助者會各取所需地選擇、鼓勵那些符合特定目的翻譯材料，例如教會支持《聖經》的翻譯，政府支持民族史詩的翻譯，學校教授經典文學的翻譯，皇室鼓勵英雄詩的翻譯，而社會改良派看重的是社會現實主義作品的翻譯，等等。我們認為，勒斐維爾對贊助者的歸納本身沒有錯，但是贊助者本身也不能歸為同一性的東西，即由個體組成的贊助者這一集合不具有邏輯上的同一律。試問如果個別人贊助而政黨、階級不贊助怎麼辦？如何據此歸納出可以預測翻譯活動的普遍規律？由於勒斐維爾的歸納不構成學科所要求的範疇，根次勒關於贊助者對翻譯的影響也就不具有理論價值了。我們且看看他們為說明贊助者對翻譯的影響所舉的例子。

歐洲各國翻譯莎士比亞（William Shakespeare）作品的高潮發生於十八、十九世紀，歐洲各國的革命階級鼓勵、支持莎劇的翻譯，因為他們看到了劇中反傳統的舞臺藝術和他作品中所涉及的關於權力結構、民權、優劣政府和個人與國家的關係等具有革命意義的政治話題（Bassnett "The translation turn" 59）。

芭斯奈特還說，委託譯者翻譯《伊尼特》的贊助者對譯者所採取的翻譯策略都有一定的發言權。皮特（Christopher Pitt）受到教皇的支持，以不同於德萊頓（John Dryden）的手法重譯《伊尼特》，以抵消前者標準版本所產生的負面影響（Bassnett "Researching Translation" 47）。

中國譯史上的第一次翻譯高潮是從漢末以迄宋初並尤以隋唐為盛的佛經翻譯。此次翻譯高潮是與作為贊助者的統治王朝分不開的。東晉時期的譯經大師道安就曾指出若沒有君主的支持便不會有佛經翻譯的繁榮（Lefevere "Chinese and western" 23）。

以上事實都是言之鑿鑿的，這似乎揭示了翻譯現象和翻譯過程的普遍規律：贊助者的影響從譯本的選擇開始，貫穿譯本形成的整個過程。他們由此得出結論：分析譯本背後贊助者因素不僅可以透視譯本形成時期的歷史和社會文化背景，還可以預測未來的翻譯走向。上文的例子和文化派的結論都表明：贊助者支持就能促進譯作的傳播，反之則不然。可事實並非如此，我們可以找到大量的反例，藉此我們又完全可以得出相反的結論。如：

廷代爾（William Tyndale, 1494? –1536）從希臘語翻譯《新約》，遭到英國教會當局的反對和迫害，他逃往德國，譯本出版後又違背教會的意願將譯本偷運回國，教會當局立即採取對策加以圍攻。評論上也對他進行攻擊，倫敦主教宣稱他在

廷代爾的譯本中找到了兩千處錯誤，著名的人文主義學者托馬斯・莫爾（Thomas More）也非常刻薄地攻擊他的譯本，牧師們把所能買到的譯本全部收購下來加以焚毀，以防止譯本的擴散。廷代爾毫不妥協，繼續譯釋《聖經》。教會當局最後以信奉異教的罪名將他處以火刑。然而，在廷代爾殉道之後，他翻譯的《聖經》卻一版再版，影響越來越大，直到十七世紀初還被當作欽定本的主要參考譯本，並在以後幾個世紀成為所有英譯本仿效的版本。類似的例子還有《日內瓦聖經》的翻譯，此處不贅述。

中國也不乏類似的情況。馬克斯主義在中國的翻譯和傳播遭到統治階級的封殺，但馬克斯主義卻在中國得到確立，指導革命者奪取了國家政權，而且成了立國之本。《查泰萊夫人的情人》上個世紀80年代在中國翻譯之後遭到查禁，出版者受到批評，但該譯本還是流傳了下來。這說明贊助者並不是影響翻譯與翻譯傳播的決定因素，在封殺、迫害的惡劣環境下，翻譯也能夠進行並得到傳播，而且還能夠產生巨大的影響。

以上討論表明：由於「贊助者」這一術語外延不清，贊助者的影響從譯本的選擇開始，貫穿譯本形成的整個過程之類的斷言是不具有說服力的。

### 3.3 意識形態

　　文化派特別強調意識形態對翻譯的作用。意識形態是指在一定經濟基礎上形成的，人對於世界和社會的有系統的看法和見解。意識形態是贊助者對譯本產生影響的主要形式之一，它決定了譯者個人和譯入語社會的思想架構，通過思想觀念和世界觀決定讀者和譯者闡釋文本的基本方式。而且，權威人士從其階級立場出發，特別警惕意識形態方面可能發生的變化，對翻譯不是聽之任之的──「權威劃出意識形態方面可接受的界限。要翻譯哪些著作，怎樣翻，都受到權威的左右。」（Lefevere 14－28）意識形態也體現為讀者的需要──「讀者的需要不僅影響不同時代的不同譯者去選擇不同的翻譯策略，它實際上從根本上引導譯者的翻譯，使譯者做出決定譯文最終形式的選擇。」（Bassnett & Lefevere 48）簡言之，意識形態決定譯者的基本翻譯策略。

　　不容否認，意識形態根植於大腦之中，左右著人的行動。不過，意識形態並不是人的主宰，人也不是全然被動的。否則，我們的思想水準無疑還停留在原始時代。「不同時代的不同譯者選擇不同的翻譯策略」這一斷言恰恰說明意識形態是變動不居的。那麼，意識形態變動的原因是什麼？恐怕我們也不能否認翻譯的作用。試想，翻譯曾引發了多少場思想運動，恐怕翻譯還是促使意識形態變化的主要力量。意識形態與翻譯的關係問題引發出翻譯最根本的問題──誰引導誰，誰影響誰的問題，是讀者決定譯者還是譯者改變讀者的

問題。也許，翻譯的這一問題具有悖論屬性。我們想強調的是，文化派注意了意識形態對翻譯的作用，卻忽略了翻譯對意識形態的反作用。基於這種不全面歸納而得出的翻譯即操縱這類結論自然就有失偏頗了。

我們試以譯者與讀者的關係說明翻譯的主導作用。我們先以作者與讀者的關係作一類比，再推衍到譯者與讀者的關係。

相對作者而言，讀者處於被動地位。著作的職能就是傳送知識的，作者是傳送者，讀者是接受者，接受者對傳送者的限制是有限的。再說，著作是歷時性的——所謂「文章千古事」，比如《易經》、《道德經》的作者早已不在人間，我們只能求證他們、闡釋他們而不能影響他們、限制他們。原著的「原」意味著從前沒有。作者，無論莎士比亞還是畢加索（Pablo Picasso），都是將從前沒有的東西奉獻給讀者或把影響施加給讀者。一言以蔽之，如果作者被既有的意識形態的「文化框架」框住了，就不會有蘊含原創意義的原著了。

同理，相對於譯者而言讀者也處於被動地位。翻譯是將原作的資訊傳達給讀者，譯者首先考慮的就是原文中的資訊或文體特徵。如果僅考慮讀者意識形態制約下的預期，又如何「譯」呢？實際上，有時候讀者並沒有什麼所謂的預期。清朝末年那場翻譯高潮來臨之時，中國的讀者處於無知的茫茫暗夜之中，就連大名鼎鼎的譯者王韜起初對西學也是一竅不通。我們如果不否認翻譯的外部制約因素的話，翻譯總是

在制約與反制約的矛盾中前進——前進本身意味著反制約的力量大於制約的力量。翻譯總是以異者、他者的面目表現自己，總是把異者、他者的聲音傳給受眾。比如，廷代爾意向中的讀者是把犁耕地的莊稼人，他要以新的資訊引導這類讀者。新資訊中的「新」正是讀者意識形態中沒有的，也正是當時的教會企圖扼殺的。

以上分析表明，文化派誇大了意識形態對翻譯的作用，其根本原因恐怕是沒有認識到翻譯以「易」傳「譯」的根本使命。

## 3.4 主流詩學

生活在任何一種文化裡的人都會在該文化的薰陶下形成其特有的概念構架（conceptual grid）和文本構架（textual grid）。相似的文化背景可能會使不同的語言產生相同的構架。如果說概念構架使譯者用自己文化的世界觀和價值觀來闡釋原文的話，那麼文本構架則決定了在特定社會中可以被接受的文學形式和文本類型，使讀者對文本形式有一種期待，並以作品是否符合這一期待來評判疑問的優劣（Gentzler xiii）。特定社會的文本構架形成了該社會的主流詩學，引導譯者將原文改寫為符合社會審美取向或詩學特徵的譯本。我們不能否認一個社會的主流詩學會對翻譯產生影響，但僅強調一端又難免失衡。其實，文化派這一問題的敘述有時也是以

子之矛攻子之盾的。

芭斯奈特在分析偽譯時舉例指出，當作家想改變社會既有的文學觀、引進新的詩學形式時，為了讓作品被自己文化體系中的讀者所接受，他們常常會將自己的作品「偽裝」成翻譯作品，提醒人們不要用現存的詩學觀和審美觀來評判來自他者文化的作品。這說明譯者又可以不受譯入語文化的制約了，即不必對原文進行改寫使之更加符合譯入語社會的主流文學形式和文學觀了。勒斐維爾（Lefevere 98）也有類似論述，他說「對一種文學中的主流詩學的抨擊往往披上翻譯的外衣」。這說明，翻譯可以想當然地以有別於主流審美取向的形式出現，也就說，翻譯不必受主流詩學，甚至原語文化的制約。

其實，翻譯在對抗詩學思想之間的鬥爭中擔當重要的角色，這類例子也是不勝枚舉的。龐德（Ezra Pound）就是反傳統的典範，他一反十九世紀維多利亞傷感的詩風和抽象的說教，把唐詩製造成權威的「反抗詩」，他要借重詩的意象、樂感和神韻對西方主流審美觀進行挑戰。該例表明，「概念構架使譯者用自己文化的世界觀和價值觀來闡釋原文」這一命題是不能成立的。

一個文化中既有的文本構架對翻譯的約束力也不應誇大。就翻譯而言，原作的審美構成是不應該忽略的。當能指本身成為所指，即形式成為內容時，傳達異域的詩學特徵往往也成了翻譯的一項基本任務。施萊爾馬赫（Friedrich

Schleiermacher）有言：「把作者引向讀者。」這句名言包含著將原作的審美構成引向讀者。英國引進其他國家（如法國、義大利）的詩的形式，如韻、韻式、節奏等，以及詩體，如十四行詩等都是對既有文本構架的衝擊。其結果，在英語中新的韻律基本上取代了以前流行的頭韻。中國學者馮至通過翻譯將十四行詩的形式引入漢語，也說明中國既有的文本構架沒有妨礙新構架的輸入。而且，同一時期，不同譯者有不同的翻譯觀，如同一時期的魯迅與梁實秋就持不同的翻譯觀，甚至，同一位作者往往也會採取不同的翻譯策略，造就不同的譯本，如理雅各（James Legge）翻譯中國的古詩既用散體也用韻體。這種不拘一格的操作方式排斥著既有的框架，也是造成翻譯領域訴訟紛紜的原因。這種種事實都說明「文本構架決定特定社會中可以被接受的文學形式和文本類型」這一命題是言過其實的。

總之，主流詩學對翻譯的影響遠沒有文化派聲稱的那樣顯著。

## 4. 結語

以上分析可見，文化派關於文本外因素的研究取向和結論是錯誤的，缺少客觀性，更沒有形成一致性、連貫性的理論體系。他們將譯入語文化的權力關係、贊助者、意識形態、美學取向等制約翻譯的因素歸為一類違反了邏輯的矛盾

律，因此也不可能總結出預測翻譯現象和過程的規律。

文化派誇大了翻譯的文本外的制約因素。文化對翻譯雖然具有制約作用，但翻譯的根本使命要求譯者以作者和原語文化為準，譯入語因素只在某種程度上起著調節作用。翻譯是對原文的複製，翻譯從屬於原文，這是翻譯的基本事實，當然這並不是說翻譯是二流的。翻譯與文化是相互作用的——文化制約翻譯，翻譯促進文化。但我們應該明白，譯入語文化方面的制約不是翻譯本身所要求的，翻譯對文化的促進卻是翻譯的根本使命。此外，通過翻譯我們雖然可以理解不同文化之間的關係，我們也需明白這是對翻譯的利用，而不是翻譯本身的作用，正如人們可以利用筷子殺人，而筷子的作用卻不是殺人一樣。

文化派對翻譯現象進行了挖掘，加深了我們對翻譯某些因素的認識，這是積極的一面。但其消極面卻遠大於積極面——其不全面、不客觀的研究導致了偏頗，乃至錯誤的結論，對翻譯理論和實踐都有很大的誤導作用。

# 翻譯作為皺摺

李育霖*

## 摘要

　　本文嘗試連結當下的翻譯研究與德勒茲的皺摺概念，討論在翻譯摺皺的美學倫理與生命政治。儘管皺摺的概念散佈在德勒茲的思維中，但在《皺摺：萊布尼茲與巴洛克》與《傅柯》兩部著作中，德勒茲則給予了這一概念最完整詳盡的說明與演繹。在《皺摺》一書中，德勒茲將萊布尼茲視為巴洛克時代與藝術的哲學家，並以皺摺概念詮釋萊布尼茲的單子論哲學，皺摺因此成為德勒茲描繪世界構成與經驗感知的重要依據與典範。相對地在《傅柯》一書中，德勒茲宣稱皺摺的主題糾纏著傅柯一生的歷史著作，並以摺皺運動描述傅柯晚期的倫理主體構思。在此脈絡下，本文透過翻譯行為與皺摺運動的連結將探索翻譯研究的幾個主要面向，包括在何種程度上翻譯可被視為一次摺皺運動，譯文如何透過摺皺生產複本，翻譯的摺皺運動如何形構主體，以及翻譯作為摺皺運動可能啟發的美學倫理與生命政治等。

　　關鍵詞：翻譯、皺摺、事件、主體性、翻譯倫理

* 國立中興大學台灣文學與跨國文化研究所教授，兼人文與社會科學研究中心主任、台文所所長。

# Translation as folding

Yu-Lin Lee *

## Abstract

This paper attempts to establish a link between translation and Gilles Deleuze's concept of the fold, thereby exploring an ethico-aesthetic paradigm and its politics in terms of translational folding. Despite scattered discussion found in the body of his work, Deleuze gives the most comprehensive elaboration of the concept in *The Fold: Leibniz and the Baroque* and *Foucault*. In *The Fold*, Deleuze regards Leibniz as a Baroque philosopher *per se* and interprets Leibniz's monadology in terms of the fold, a functionality that designates the Baroque world. In *Foucault*, in contrast, Deleuze claims that folding haunts Foucault's entire historical project and further describes Foucault's idea of ethical self in his later works as a process of subjectivation. By linking translation with fold and situating itself in this context, this paper probes into issues concerning contemporary translation studies, including to what extent translation can be recognized as folding as it doubles the original, in addition to the subjectivity produced in translation, which may introduce an ethico-aesthetic paradigm for both translation and life.

**Keywords**: translation, fold, event, subjectively, translation ethics

* Professor, the Director of the Research Center for Humanities and Social Sciences, and the Director of the Graduate Institute of Taiwan Literature and Transnational Cultural Studies at National Chung Hsing University.

晚近關於翻譯研究的文化轉向，或如芭斯奈特（Susan Bassnett）所稱的文化研究翻譯轉向，不僅大幅地擴大了翻譯研究的範圍，同時也轉化了翻譯研究的傳統典範（123－40）。簡單地說，翻譯研究不再侷限於語言系統之間傳遞與轉換，而進一步擴大到文化面向。特別在全球化下跨國文化流動日趨頻仍的推波助瀾下，翻譯研究或「文化翻譯」（cultural translation）等概念儼然成了不同文化接觸、模仿、承襲與轉化的具體研究典範，而這一轉向同時也改變了傳統翻譯研究的主題與範疇。具體地說，翻譯研究不再拘泥於原文與譯文之間忠實背叛以及翻譯對等性的研究，原文與譯文被放置在平行的思維架構中看待，而使翻譯得以進行的對等性假設則披露了全球文化政治的權力位階（Liu 1－42）。值得注意的是，文化翻譯的研究偏好文化的流動、轉化與生成，並傾向擱置原文與譯文的對應關係，讓譯文在新的語言與文化情境中無盡的綿延生長。這一傾向似乎一方面讚揚文化的跨界旅行與流動，另一方面更期待這一轉化將為在地社會或民族文化帶來生機。

　　無可否認的，此一翻譯研究的文化轉向在相當程度上回應了跨國文化流動的趨勢與要求，跨國文化流動期待文化的擴張與滋長，而非限制與停滯。然而，翻譯研究本身長久以來糾纏的問題，即原文與譯文忠實與自由之間的關係，在跨國文化流動的翻譯研究典範中經常被擱置或以其他問題取代，並未被真正面對。況且，文化跨界流動經常伴隨著政治

與權力關係，也因此，原文與譯文之間的關係也經常被放置在全球文化政治的架構中被看待。無論翻譯抽象的對等性假設或實際案例的操作，原文與譯文之間的關係成為全球權力的階級權力配置的實際構圖。翻譯的政治（politics of translation）似乎優先於翻譯行為本身（Spivak 397－418）。這一點我們並不意外。但這裡值得我們重視的是，翻譯在其基本語意上從一開始便必須面對不同的語言，一如文化翻譯中與他者的遭遇。而這一問題在跨國文化流動的翻譯研究典範中經常被簡化為某種抽象性的對立關係，或被化約為語言、種族、民族、歷史、文化、乃至國家之間的對偶關係。然而，粗略的文化交換繁衍或自我他者之間的簡單對立，實際上並無法充分解釋當前跨國流動文化之間錯綜複雜的交纏關係。

從這一觀點看，皺摺（the fold）概念[1]提供了一些思考的契機。如果翻譯可以被視為一次摺皺運動，譯文透過摺皺生產複本。如此一來，譯文既非原文的摹本，也非原文的無盡延異，譯文與原文在某一點上接觸，並在一定忠實的原則下自由地運作。同時，原文與譯文之間的關係也不僅是忠誠、

---

1　在本文中以「皺摺」翻譯英文 the fold, folds, folding 一系列相關的詞。由於英文 fold 同時可以是名詞與動詞，亦可轉換為其他如 folding, enfold, unfold, refold 等一系列相關變化的詞。但中文並無此方便性，因此在本文的使用中，原則上以皺摺作為名詞，摺皺作為動詞，藉以表達兩者之間些微的區別，然而為了行文流暢，有時兩者亦有所互用。

背叛、甚或假設性對等配置的權力關係,而是更複雜的內涵與詮釋的過程。再者,自我與他者,或本土與外來之間的關係也可能被轉化。他者並非在外部與自我對立或類比,而是自我作為外部的複本居住在自我的內部。當這樣看時,翻譯的摺皺運動實際形構一次主體化的過程,並同時銘刻新的美學倫理與生命政治。

這是本文嘗試連結翻譯與皺摺概念的意圖。當然,這一皺摺的概念主要來自德勒茲(Gilles Deleuze)哲學的啟發。皺摺的概念散佈在德勒茲的思想中。康黎(Tom Conley)認為,皺摺可以說是德勒茲最個人與最風格化的用語,且這用語貫穿德勒茲哲學的不同路徑,包括從早期關於經驗主義與主體的著作,[2]到後期與瓜達希(Félix Guattari)合著的《什麼是哲學》(*What Is Philosophy?*, 1991/1994),以及臨終前出版的《批評與臨床》(*Essays Critical and Clinical*, 1993/1998)論文集等(171)。但儘管如此,與皺摺概念最密切相關的要算是《皺摺:萊布尼茲與巴洛克》(*The Fold: Leibniz and the Baroque*, 1988/1993)與《傅柯》(*Foucault*, 1986/1988)兩部著作。

在這兩部著作中,德勒茲給予了這一概念最完整詳盡的說明與演繹。在《皺摺》一書中,德勒茲將萊布尼茲視為巴洛克時代與藝術的哲學家,並以皺摺概念詮釋萊布尼茲

---

2　這裡指的是德勒茲早期關於休姆的著作,*Empiricism and Subjectivity: An Essays on Hume's Theory of Human Nature* (1953/1991)。

（Gottfried Wilhelm von Leibniz）的單子論哲學（Monadology）。並且，在重讀萊布尼茲哲學的過程中，德勒茲揉進了自己哲學思考的重要概念，包括超驗經驗論（transcendental empiricism）與事件（the event）等，皺摺也因此成為德勒茲描繪世界構成與經驗感知的重要依據與典範。相對地，在《傅柯》一書中，德勒茲宣稱皺摺的主題糾纏著傅柯（Michel Foucault）一生的歷史著作。但更重要的是，摺皺形構了主體化的過程，並銘刻一條內部與外部毗鄰的生命路線。因此，對德勒茲而言，摺皺運動具體刻畫了傅柯晚期的倫理主體思考。

　　皺摺的概念交纏在德勒茲複雜的思想體系中，然而本文主要的意圖並非闡述皺摺在德勒茲哲學中的重要角色及其內涵，而主要嘗試將翻譯行為與皺摺的概念連結，並藉此探索翻譯作為摺皺運動可能啟發的美學倫理與生命政治等相關問題。因此，在本文的討論中僅簡要地概述與翻譯相關的皺摺概念，並將討論焦距在事件（event）與主體（subject / subjectivity）兩個主要論述主軸。為使文章論述順利進行，本文第一將首先概述《皺摺》一書中的「萊布尼茲－德勒茲皺摺」以及《傅柯》一書中的「傅柯－德勒茲皺摺」。文章第二部分為本文的主軸，將論述翻譯作為皺摺的主要意涵，其中討論也將涉及班雅明（Walter Benjamin）的翻譯與酒井直樹 (Naoki Sakai) 的翻譯渡越主體（subject in transit）等相關概念陳述。文章第三部分將以「翻譯摺皺的生命」總結翻譯作為皺

摺可能啟發的美學倫理與生命政治。

## 一、萊布尼茲－德勒茲皺摺與傅柯－德勒茲皺摺

在《皺摺：萊布尼茲與巴洛克》（*The Fold: Leibniz and the Baroque*, 1988/1993）一書中，德勒茲（Gilles Deleuze）以皺摺描繪萊布尼茲的單子論，並將之標示為巴洛克哲學。德勒茲將巴洛克描繪為皺摺所構成並摺皺至無限的世界。[3] 在《皺摺》一書開始，德勒茲便開宗明義的說：「巴洛克指的並非本質（essence），而毋寧是運作的功能（operative function）或特性（trait）。」（*The Fold* 3）。並且，巴洛克不斷生產皺摺，並摺皺到無限。而這無限又區分成兩個層次：物質的皺摺與靈魂的皺摺（*The Fold* 3）。這也說明為什麼巴洛克的建築總區分為上、下兩層，前者是屬於有機物的，後者則是屬於靈魂或主體，亦即萊布尼茲所稱的單子（monad）。但值得注意的是，德勒茲不斷強調，皺摺是 Zweifalt，並非在兩者之間的皺摺（a fold in two），而是兩者的摺皺（fold-of-two）（*The Fold* 10）。德勒茲進一步以法文 entre-deux 說明皺摺「在之間」（between）的特性，亦即「差異不斷被差異化」（*The Fold* 10）。必須附帶一提的是，這裡被摺皺的並非笛卡爾意義下的廣延

---

3 駱克（Mogens Lærke）在其關於萊布尼茲與德勒茲關係的研究中告訴我們，德勒茲這一概念與萊布尼茲的物理觀，即世界是由物質原子所構成的概念相符（26－27）。

（extension），而是力（force），這一點同時也構成萊布尼茲物理學的基礎。德勒茲說「皺摺是力（power），而力本身是一個行動，皺摺的行動（act of the fold）。」（*The Fold* 18）

這裡有必要進一步說明這些被摺皺之力何以被理解為行動與事件。對德勒茲而言，如果巴洛克的世界由皺摺所構成，那麼摺曲（inflection）則是「變異曲線或皺摺最理想衍生（genetic）的元素」（*The Fold* 14）。德勒茲想像巴洛克世界的摺曲並非點與點之間的構圖（x, y），而是連續關係或微分關係（dy / dx），且曲線的點並非一般的點，而應該被理解為「皺摺－點」（fold-point）（*The Fold* 16－17）。[4]換句話說，曲度（或微分關係）表達了曲線本身，即曲線本身發生的變異。因此，曲度本身說明了某事發生在曲線上，使其原初的力（primitive force）真實化或實際化，而這一真實化或實際化本身便是行動。基於這一理解，駱克（Mogens Lærke）提供了一個理解摺皺之力與行動或事件之間的動態性關係的方程式：「微分關係＝事件＝行動＝實際化之力」（28）。

而這一關於行動的理解，事實上與德勒茲的「事件」概念密切相關。在《皺摺》一書第六章題為〈什麼是事件〉中，德勒茲關於事件的概念有相當詳盡的演繹。在本章中，德勒

---

4　關於此「摺曲點」的說明在 Simon Duffy 的文章 "Leibniz, Mathematics ands the Monad"，以及 Daniel W. Smith, "Genesis and Difference: Deleuze, Maimon, and the Post-Kantian Reading of Leibniz" 中有相當詳細的說明。

茲將萊布尼茲與懷海德（Alfred North Whitehead）並列，並將
之稱為事件的理論家。[5]在這裡德勒茲歸納事件的幾個成分或
狀態，包括：一、外延（extension）。但外延作為事件的元素
並非只包含終項或界線的部分－整體關係，而是包含無限多
項的「變異」（variation）。且在此定義下，事件被感知為如波
動般的顫動。二、內在屬性（intrinsic properties）。材質被理解
為內在屬性（例如張力、強度、程度等），並在事件中形成變
異系列。三、個體（the individual）。德勒茲認為這一點是懷海
德與萊布尼茲最直接相關。個體介入某種「攝受」（prehension）
的網路中，且「攝受」作為感知的材料早已被「攝受」
（prehended）。但這裡重要的是，個體、或個體化意味著創造
性（creativity），形構新的事物（formation of a New）。四、永
恆之物（eternal objects）或入口（ingression）。意思是永恆之
物一方面意味著事物永恆不變，但永恆不變同時暗示著永恆
的流變，而這裡永恆之物則提供了事件必要的入口（*The Fold*
77－79）。

　　儘管懷海德的用語與哲學的目的與萊布尼茲稍有不同，
但德勒茲關於兩人對個體（the individual）的討論佔去了本章
相當大的篇幅。德勒茲歸納懷海德「攝受」（*prehension*）概念
的三大特質。首先，主體的形式是在主體中表達的方式，並

---

5　關於「事件」的哲學，還包括斯多葛學派的哲學，德勒茲在《意義的邏
　　輯》（*The Logic of Sense*）一書中有相當深入廣泛的討論。

藉由此（形式），主體攝受這些材料（情緒、判斷、計畫、良心等）。換句話說，在此形式中，材料被摺皺入主體、情感或舉止等。其次，主體的目的確保了攝受中材料到另外一個材料的通道，攝受在流變中與另一攝受的通道，以及當下攝受中過去到未來的通道。最後，自我享樂（*self-enjoyment*）標示了主體自身充滿與更豐富的私密生活（*The Fold* 78）。德勒茲進一步宣稱，攝受的特質同樣屬於萊布尼茲的單子（monard），但隨即補充，感知（perception）作為攝受主體的材料出於自身的自發性（spontaneity），因此，「感知是單子主動性的表達，作為其自身視角（point of view）的功能」（*The Fold* 79）。單子在其主動的表達中，從一感知到另一感知，並且在自我享樂的過程中生產新的事物。在這一點上，德勒茲認為萊布尼茲與懷海德（以及柏格森）同樣翻轉了哲學的目的：亦即，哲學並非創造永恆的世界，而是尋求在何種狀況下客觀的世界容許新事物的主觀生產，亦即創造（creation），或更具體的說，新事物的生產是「**一個私密主體真正量子的解放**」（*The Fold* 79）。

在以上關於事件的討論中，我們獲得萊布尼茲的主體概念。對德勒茲而言，萊布尼茲的主體首要是表現性的（expressionist），亦即，主體（形式）表現了世界或讓世界得以存在。對此，駱克歸納地說，「皺摺中的表現」（expression in the folds）包含了兩個層次的意涵：其一、世界的皺摺必須被表現或實際化；其二、世界在主體中摺皺，主體因而表現

了世界（Lœrke 30）。因此，我們可以想像我們居住的世界向我摺皺，而正是透過我內在的感知讓世界得以被表現而存在。

此一表達主體的理解依賴著萊布尼茲單子論的另一重要概念，即視角（point of view）。萊布尼茲的單子無窗，而在封閉（closure）的或封存（envelopment）的狀況下總有一個靈魂或一個主體佔據一個視角。根據德勒茲的論點，萊布尼茲藉由摺曲的數學說明封存的多樣系列為無限的收斂系列，以及藉由包含（inclusion）的形上學假定封存的單位為不可化約的個體單位（*The Fold* 24）。萊布尼茲將單子看作是城市的視角，正是因為透過這一視角，我們得以理解這些不同的形式與曲線系列摺曲的程度。但這並不是說視角等同與某個觀點（perspective），並提供了自身都市的全體景觀，或透過觀點理解的是一個街道與另外一個街道的關係。相反地，視角儘管呈現世界的部分景觀，但總與其他視角相對應。關於視角與世界的關係，德勒茲說：「世界是曲線或摺曲的無限系列，而整個世界從某個視角被封閉在靈魂之中」（*The Fold* 24）。因此視角成為表現主義的原則，藉由視角，靈魂的個體性、感官與觀測的世界產生了聯繫。德勒茲說：「如果世界在主體之中，主體也同樣**為這世界**存在」（*The Fold* 25）。在這一陳述中，我們同時獲得萊布尼茲主體的另一重要面向，亦即，視角的。正因為主體透過視角將世界封存其中，並同時表現世界，因此德勒茲進一步以「詮釋－內涵－混沌」（explication-implication-complication）三位一體的概念描繪巴洛克皺摺。

萊布尼茲－德勒茲皺摺向我們展示了一個皺摺構成的無限世界，且在其摺疊的行動與事件中隱含一個表現與視角的主體。然而關於皺摺與主體之間的連結，德勒茲在《傅柯》一書中則有更直接明確的描述。在1986年出版的《傅柯》一書，特別是最後一章，德勒茲將傅柯式的倫理主體理解為主體化（subjectivation）的產物，而自我則為摺疊（foldings）所構成，即思想的內部（the inside of thought）。在這一章節的討論中，德勒茲特別側重《性史》（*History of Sexuality*）第二冊與第三冊的解讀，並嘗試將傅柯生涯中包括考古學、系譜學以及自我管理等各階段中關於知識、權力以及自我等議題散見或分歧的理論統合成一個更有機的哲學方案，並以皺摺的概念概括。德勒茲宣稱：「皺摺（the fold）與去皺摺（the unfold）不僅激勵了傅柯的思考，更賦予其風格，因為它們構成了思想的考古學」（*Foucault* 129）。博格（Ronald Bogue）認為，主體的皺摺在傅柯身上僅是隱含的，但在德勒茲那裡卻相當明顯（44）。然而這裡本文並不嘗試分辨此一皺摺在多大程度上屬於傅柯，或多大程度上屬於德勒茲的創造性閱讀，這裡暫且稱之為「傅柯－德勒茲皺摺」。

　　《傅柯》一書可以看作是德勒茲對於傅柯整體思想的重新描圖。書中以「可述的」（the sayable）與「可見的」（the visible）描述傅柯考古學時期關於知識理型或典範的思考，以非層疊的策略（strategies）描繪系譜學時期的權力運作，以及以摺疊（folding）描繪後期的自我倫理階段，亦即摺疊構成了

主體與思想的內部。根據德勒茲的閱讀，知識是歷史形構的疊層以及可述性與可見性的配置。但德勒茲堅稱，儘管可述與可見兩者之間密切相關並且互相交織，兩者仍有其各自的材料與形式，且不相統屬，相對的，使兩者得以運作並產生關連的則是權力（power）。德勒茲追隨著史賓諾莎與尼采的看法，將權力看作是力與力之間的關係，亦即影響與被影響的能受力。因此，相對於可述與可見的知識層疊具有固定形式與確定功能，權力是尚未層疊化的策略，因此也無固定形式與確切功能。我們可以將權力想像成真實但卻尚未實際化的虛擬場域，它將規範可述性與可見性的配置，但仍然保有一切的可能性。換句話說，權力形構知識（可述與可見）的配置，但卻仍然維持在疊層之外。德勒茲給予這一個尚未疊層化的場域一個名稱：外部（Outside）。但這並不是說外部外在於層疊而與之分離；相反的，外部即是層疊的外部，在可述與可見的邊際上。對此外部，德勒茲如此描述：「比任何外在更遙遠；也比任何形式的內在性更加接近」（*Foucault* 86）。

　　如果主體化是外部的摺皺，亦即權力的內部化過程，那麼德勒茲想像的摺皺則是一個蠕動的平面，即皺摺（folds）與摺皺（foldings）共同構成了一個內部：「它們並非外部以外之物，而正是外部的內部（inside of the outside）。」（*Foucault* 96－97）因此對德勒茲而言，傅柯描繪的希臘倫理主體既非功能性的內在性（interiority），也非抽象的內在主體，而是皺摺所形構的內部與外部，一次權力的套疊（invagination）

（Bogue 52）。基於此,德勒茲重新配置傅柯關於希臘人自我形構的面向,並將之稱為四種皺摺,包括物質的、力之關係的、知識的、以及外部自身的皺摺。其中第四種皺摺才是最重要的,德勒茲稱之為終極皺摺（the ultimate fold）（*Foucault* 104）。於是,傅柯關於自我管理的倫理主體在德勒茲的重新形構中成為尋求生命自由的抵抗主體以及自我差異與自我創造的美學主體。

德勒茲進一步描述這一個摺皺形構的主體樣態,並將歷史帶入哲學的論壇。德勒茲用最簡單的話問:「我可以做什麼?我知道甚麼?我是誰?」（*Foucault* 115）德勒茲思考的是1968年代以後歐洲政治、社會與思考的狀況,而這些問題也與傅柯畢生關切的知識、權力與自我三大面向密切相關。如果思想的皺摺來自外部,而外部的概念除了空間性的理解外同時也是時間性的。德勒茲認為,「摺皺或複本本身即是『大寫記憶』（Memory）,『絕對記憶』或外部的記憶,超出銘刻在層疊與檔案中的短暫記憶,以及超越殘留在圖表中的遺跡。」（*Foucault* 107）參照海德格（Martin Heidegger）與布朗修（Maurice Blanchot）等人關於記憶與遺忘的討論,德勒茲進一步延伸,宣稱記憶是「自我關係或自我影響的真正名稱」（*Foucault* 107）。時間是「自主影響的」（auto-affection）,也因此成為「主體的基本結構」（*Foucault* 107）。德勒茲藉由時間（記憶與忘卻）說明外部的摺皺與去摺皺,換句話說,儘管外部記憶藉由歷史分析而得以獲得,但外部的時間仍然存在於

實際的歷史之外。

　　外部摺皺成內部，而內部作為外部的複本與外部共存，同時，外部的時間在內部製作複本，但外部時間作為絕對記憶則不斷地被遺忘，也因此被保留。博格告訴我們，這一被遺忘的外部時間即是「事件」（the event），亦即與可度量的次序時間（*chronos*）區分開來的純粹流變（pure becoming）或生機時間（*aion*）（Bogue 58）。博格在其一貫精簡扼要的討論中提示我們外部持續被遺忘的時間與柏格森綿延時間概念之間的密切聯繫。博格指出在《什麼是哲學》一書中，德勒茲與瓜達希將這一流變的時間與柏格森的綿延（*durée*）相連。對柏格森而言，當下並非處於兩個次序時間之間（剛剛失去的過去與即將來臨的未來），而是在時間之間（between-time/*entre-tempts*），一個虛擬存在的過去，也因此，德勒茲得以將外部的流變時間與柏格森的虛擬過去相連，亦即絕對記憶（Bogue 58）。如此一來，外部的時間被視為一方面不斷拒斥逃離當下，一方面虛擬保存所有的可能，並隨時等待被實際化。也是從這一個視角，德勒茲將傅柯後期自我管理的倫理主題改寫為自由的反抗主體，而德勒茲所根據的便是賦予外部尚未層疊化的生命之力與逃離當下的生機時間。但更重要的是，德勒茲在其改寫中重新描繪一條在摺皺雙重運動中的生命路線，以及在一個內部外部不可區辨境域中自我創生的主體。

## 二、翻譯的皺摺與主體化運動

在上述萊布尼茲－德勒茲皺摺的討論中，我們簡略概述了德勒茲如何透過皺摺描繪萊布尼茲的巴洛克世界，以及皺摺如何被理解為一行動與事件，並與主體的構成相關。而在傅柯－德勒茲皺摺的討論中，我們則勾勒了德勒茲將傅柯自我管理的倫理主體改寫為一次主體化過程，即外部內部化的雙重摺皺運動。在以下的討論中，我們將繼續探索在翻譯摺皺中的生命政治與美學倫理。但首先，翻譯在何種程度上可以被視為摺皺行動與事件？或者我們可以簡單的問，翻譯與皺摺有何關係？

在其著名的論文〈翻譯者的天職〉（The Task of the Translator）中，班雅明關於翻譯做了一個深奧難解卻令人著迷的明喻（simile）：「如同切線輕觸圓周的點，藉此輕觸而非一點確立法則，並遵循之，繼續在其直線中通向無限。」（80）班雅明這裡比喻的是譯文與原文之間的關係。切線是譯文，輕觸原文，並在其最輕微且最微小的意義之點上，「在語言之流的自由中遵循忠實的法則」（80）。表面上班雅明在這裡討論的是關於翻譯的忠實與自由的問題，這原本看似衝突的兩項翻譯原則在班雅明的翻譯構想中並不互相違背。前者是在意義的層次上討論的，然而對班雅明而言，翻譯並非尋找語意的對等或意向物的對比，而是在語言之流中尋找純粹語言（pure language），即「無表達、創造性的大言（Word）」（80）。

班雅明獨特的翻譯概念已帶來思想界許多討論，特別在那些被稱為後結構理論家，包括德希達（Jacques Derrida）與德曼（Paul de Man）等人的相關論述。不過我們這裡更感興趣的是這一譬喻本身。譯文輕觸原文或切線輕觸圓周的一點並藉此建立法則，這裡我們將這一輕觸的點（或更確切的說，輕觸而非一點）類比德勒茲在巴洛克摺曲中發現的「摺皺－點」（fold-point）。在上述關於巴洛克摺曲線的討論中我們說明這一點並非一般的點，而是「摺皺－點」，遵循著切線的斜率或曲線的微分商數（differential quotient）（*The Fold* 18）。[6]在巴洛克皺摺的討論中，德勒茲說，「總有一個曲線從變異中形成一個皺摺，並將皺摺或變異帶至無限。」（*The Fold* 18）因此，將翻譯看作是皺摺並非只是隱喻性的說法，而是翻譯的實際構成。事實上，邱漢平曾多次提及班雅明的與德勒茲兩人基於萊布尼茲的單子構想所衍生出的類似見解。那存在於摺曲與無理數的世界奧秘在切線碰觸的瞬間而得以被傳達，而那人類不可感知或無法表達的奧秘，不僅是班雅明所謂的啟迪時分以及藉由翻譯意圖贖回的純粹語言[7]，同時也是德勒

---

6　德勒茲進一步引述萊布尼茲關於變異曲線的描述說明在一個或多個參數形成的曲線家族中，切線不再是直線，而是無限多點的切線曲線：「曲線不被碰觸，它碰觸，切線不再是直線、獨特，或碰觸，而是曲線，無限、被碰觸的家族。」（*The Fold* 18－19）

7　邱漢平在〈翻譯與文學生產：全球化時代的東亞案例〉一文中，關於圓

茲哲學中無法表達的內在性（intensity）或流變（becoming）。

姑且不論班雅明的純粹語言概念所引發的爭論，但班雅明堅持翻譯或「可譯性」（translatability）不在意義的層次上運作，則將我們關於翻譯的理解帶向另一面向。班雅明說翻譯是一種「形式／樣態」（form／mode）（70），因此翻譯不再是關於語意忠實或背叛的追逐，也非區辨譯文與原文之間的差異與權力位階，抑或批判翻譯進行時所假定的思維架構，相反地，翻譯是意圖（intention）的探索，包括特別與總體的意圖。更重要的是，對班雅明而言，在純粹語言中，「所有資訊、意義以及意圖都在此一層疊中遭遇，並註定由此消失」（80），而這一層疊蘊育了自由翻譯（free translation）。班雅明繼續補充，所謂自由翻譯並非來自於語意的解放，而是為了純粹語言的緣故，語言在自身的測試與運作（80）。而在翻譯中將被囚禁在語言魔咒中的純粹語言解放出來也因此成了班雅明賦予翻譯者的天職（80）。

班雅明複雜難解且帶有宗教神秘色彩的翻譯思維，我們在上述的巴洛克皺摺中卻可發現類似的構圖。班雅明描繪的翻譯行為仿如巴洛克皺摺的雙重運動，一方面派生之力（derivative force）被分配到下層語言材質，另一方面原初之力

---

周與直線相切作為單子的核心概念有相當充分的鋪展。文章中並以班雅明「停頓－流動」的美學典範以及德國浪漫主義形式與內容之間的辯證關係說明此美學典範以及翻譯關係（57～79）。

（primitive force）則導向上層的整體，如純粹語言所包涵的。對德勒茲以及萊布尼茲而言，「巴洛克的精髓是一個預先給予的整體，一個透過視角作為**頂點**發散的投射」（*The Fold* 124－25）。有趣的是，在《皺摺》一書中，德勒茲曾藉由班雅明的寓言（allegory）概念來闡明巴洛克世界的構圖。對德勒茲以及對班雅明而言，寓言並非失敗的象徵（symbol），而是形構的力量（power of figuration），與象徵將時間收束在一中心不同，寓言根據時間的秩序披露了一個出自自然的歷史，並在無中心的世界中將歷史轉化為自然（*The Fold* 125）。德勒茲以巴洛克的幾何構圖精簡地闡述了這寓言的形構關係：「這是圓錐體或穹頂的世界，其基底總是外延的，但並不趨向一個中心，而是趨向一個尖點或頂點」（*The Fold* 125）。

　　這一寓言形構的巴洛克構圖有助於我們將翻譯理解為摺皺行動與事件。如果翻譯如班雅明所比喻的，如切線輕觸圓周的點，並因循（忠實）法則，在語言的自由流動中通向無限，班雅明描繪的彷如一條趨向無限的變異曲線，而譯文與原文遵循的忠實原則，正是譯文與原文共同的摺曲度或微分商數。這是為什麼班雅明說，「翻譯不在語言森林的中心，而在外部望著林地，對它喊叫卻未進入，瞄準那外語作品能在自己語言中迴響的定點」（76）。[8]但更重要的是，那一輕觸的

---

8　事實上在上述邱漢平的文章中更重視摺曲中凝聚兩者（切線／圓周，譯文／原文）的力量，亦即單子預定的和諧（harmony）。文章另以班雅明

點（或摺皺—點），一方面導向語言的總體意圖或無限世界，但一方面也使得譯文得以在實際的語言脈絡中真實化（realization）與實際化（actualization）而形成皺摺。如此一來，翻譯行動作為摺皺運動，同樣包含了事件的四項特質：外延、內在屬性、個體與永恆之物（*The Fold* 77－79）。我們可以將其理解為，在翻譯的摺皺運動中，譯文在實際的語言表達中持續變異，其語言學的元素作為內在屬性在時空脈絡中形成變異的系列，同時，在此翻譯的運動中介入一個個體（主體）的表達與特定視角的構成。最後，在譯文形構的皺摺中，我們瞥見語言不斷流動的變異以及語言的總體意圖。而在此摺皺運動中我們更關注的是其中介入的個體與主體化過程，同時，這一主體化運動則將我們從萊布尼茲－德勒茲皺摺導引至傅柯－德勒茲皺摺。[9]為了進一步討論翻譯摺皺運動

---

翻譯理論中其他的概念，包括語言親屬關係、瓦罐碎片黏合、以及語言意圖相互補充等，說明此摺曲點所隱含的啟迪時分。正是從這一角度，文章得以進一步將漢字視為凝聚東亞內部不同語言碎片的摺曲點，並藉以解釋漢字如何在全球化下的潮流中「中介」東亞內部以及相對於西方日益頻仍的文化流動（57～79）。

9  駱克認為，班雅明在《德國哀劇的起源》（*The Origin of German Tragic Drama*）中所描繪的巴洛克世界是與憂鬱個體經驗相關的碎片與廢墟的世界，與德勒茲的巴洛克有相當大的差異。相對於班雅明的現代主體概念，德勒茲仍主要基於十七世紀的神學典範，「無關乎主觀的（缺乏）自主或自我決定，而關乎客觀、神聖的決定」（31）。

（事件）與主體形構的關係，我們將取徑酒井直樹關於翻譯主體的相關論述。

在《翻譯與主體》（*Translation and Subjectivity*）一書中，酒井明確地將翻譯與傅柯以及德勒茲的思想連結。酒井指出，無論在一般談話發話者／收話者的情境中，以及賓文尼斯特（Émily Benveniste）的發言或傅柯論述的言說／聲明主體結構中，翻譯者始終處於一個內在分裂與多重性的狀態，並且不具備任何定位的穩定性。酒井進一步以「渡越主體」（subject in transit）標示這一曖昧不明的閾界角色（13）。根據酒井的論點，翻譯者的角色並非個人主義下的個人，而是一個「獨異（點）」（singular）（13）。對酒井而言，這一獨異點在翻譯中的實踐中運作，不僅是語言學的同時也是社會的，且這一點標示社會不連續性中的連續性。酒井引伸日本哲學家西田幾多郎的話語說：「翻譯是這一不連續性中連續的例證」（13）。而翻譯者在這翻譯閾境的運動，酒井則稱為「翻譯中人格的游移或不可決定性」（the *oscillation or indeterminacy of personality in translation*）（13）。

酒井反覆引述德勒茲的差異概念（在重複中呈現差異），強調在同質語言社群的溝通情境中作為重複的翻譯（translation as repetition）經常被翻譯的再現（representation of translation）所取代。換句話說，翻譯的再現將「重複中的差異」（*difference in repetition*）轉化為「差異類項」（*species difference*）（15），因此語言社群與國家／民族語言的形成於是成為可能。也是從

這一角度，翻譯體制（regime of translation）對於酒井而言展示了康德式的「形構圖式」（scheme of configuration），且在這一圖式中，酒井驗證了日本語作為一個民族／國家語言的誕生，以及在此圖示中日本主體如何在日本思想史中構成。

在「東－西方」對偶與「普遍－特殊」的架構下，酒井以翻譯的視角重新審視「日本」概念的構成與日本語作為民族／國家語言的誕生。但儘管如此，酒井的意圖顯然並非確認日本語言與其文化單位，甚或宣揚日本特殊的文化民族主義，相反的，酒井將這些帶入質疑。簡單的說，酒井提醒那些在溝通過程中被忽略的不可譯性以及翻譯再現中無法再現而被抹去的重複。但酒井所提醒的並非是某些類似底層（the subaltern）的確定性或概念性差異，而是「翻譯的時間性」（temporality of translation）（14）。酒井進一步將這一翻譯的時間性類比我思（I think）結構中的內在分裂狀況，一如德勒茲在康德我思圖式的分裂結構中發現的時間性一般。

關於這一點，在題為〈主觀（主體）與 Shutai（主體）：文化差異的銘刻〉一章中有最充分而周延的論辯。標題中「主觀」指的是認識論上的主體，而「主體」（shutai）則相對地指實踐主體。然而這一區分無疑是權宜性的，因為在日文最初翻譯西方的主體（subjectivity）概念所使用的語彙原本就相當混亂，再者，主觀與主體的使用相當混淆，彼此之間也有重疊的部分。但不可否認的是，兩者一開始本身便具有駁雜性（hybridity）。然而酒井藉由這一組詞彙的使用，並非嘗試說明

東西方主體概念的差異，或藉由詞彙的翻譯探索東西方（日本與西方）關於現代性主體的關係性研究（例如劉禾所宣揚的跨語際實踐中所做的歷史考察）；酒井的關懷無疑是「理論性」的，儘管理論立即是政治的。酒井急切指出的是日本／東方在主體相關論述中無可避免的雙重時間性。事實上在文化差異的表述中，雙重時間性明顯可見，例如「東方落後於西方」這一常見的修辭淺顯地表明了這一點。然而酒井強調的並非將東方／西方文化放置在確切的秩序時間上度量或相互比較，這也是為什麼酒井建議將霍米巴巴（Homi Bhabha）「反覆、質詢的空間」（iterative, interrogative *space*）修訂為「反覆、質詢的綿延時間」（iterative, interrogative *duration*），儘管巴巴所陳述的文化差異空間仍然是展演性的（performative）（123）。但酒井堅稱柏格森的綿延（duration / *durée*）更能夠表達文化差異表述（articulation）與文化差異身分（identity）之間無法通約的時間。酒井以結論性的口吻再次強調，「主觀總是在同時性的空間性中孳生，而主體（*shutai*）總是從那空間性中逃離，並且從來無法表達自身」（124）。

酒井指出主觀與主體之間持續的張力與不穩定的關係，並藉此探討文化差異再現與認同的政治問題，他稱為「發聲的置換」（the enunciative displacement）（125）。從翻譯的角度看，酒井反覆強調的是文化翻譯中無法被表達的差異本身以及在文化翻譯再現中被抹去的重複，亦即重複的差異被化約為概念性的差異。除了康德的形構圖式外，酒井的翻譯理論

顯然很大程度根植於德勒茲差異哲學的基礎上。自在差異（difference in itself）無法被表達，同時自在差異也與同一（the Same）邏輯中的差異不同，前者是無法表達的內在性（intensity），後者則是在同一、類比、對立或相似等再現體制中的概念化差異（Deleuze, *Difference and Repetition* 29）。確切的說，重複即是大寫差異（Difference），或翻譯本身。

從這一角度看，酒井的研究展示了翻譯作為皺摺的絕佳例證。語言本身內部異質性與多重性的混雜（如十八世紀江戶時期內在多樣性分歧的日本語）將一個語言內涵在另一個語言之中，而翻譯一方面闡述、去摺皺，一方面摺皺形成皺摺。因此我們可以將此內在多重性語言的翻譯看待成德勒茲所描繪的「詮釋－內涵－混沌」三位一體的巴洛克皺摺。江戶時期的日本學者、現代的日本學者、通曉日文的西方學者、以及通曉外文的日本學者之間互相翻譯，從一個詞到另一個詞、一個概念到另一個概念、一部作品到另一部作品，彷彿一個皺摺到另一個皺摺，一個皺摺系列與家族到另一個皺摺系列與家族。更重要的是，酒井同時展示日本的皺摺（摺皺或形構的日本語與日本思想）同時與傅柯意義下知識、權力與自我（主體）的運作密切相關。日本的概念（以及日本語）在翻譯圖式中與未知的外國語同時被想像與構成，而酒井將「翻譯體制」視為一「形構圖示」所披露的，不正是存在於日本語內部尚未成為日本語的語言學元素進入語法規範與社會風俗可述性配置的過程。這也是為什麼酒井進一步將

日本思想史看作是一連串的主體技藝（subjective technology）（63）。當然這可述性的構成同時是權力的政治性配置。況且，正因這一形構的過程在翻譯的體制下進行，我們更容易想像傅柯－德勒茲皺摺的外部，亦即那些尚未層疊化為知識的語言學與力的混沌場域。

如酒井著作標題「翻譯與主體」所提示的，書中關於主體性的描述與理解仍然佔據我們主要的目光。全書呈現給我們一個構圖：並非預先存在著一個日本主體（或日本語）在與西方（外國語）的對照與類比中辨識自身，相反的，日本主體（與日本語）與西方（外國語）在翻譯的體制中一併被想像與構成。因此，並不預先存在任何具體單一、同質的語言單位或差異文化，自在差異與多重性內涵於語言內部，在翻譯的皺摺運動中，語言內部的多重性化約為普遍性的大寫語言（Language）。當酒井提醒我們注意語意層次上的不可譯成分以及翻譯再現中被抹煞的時間性，酒井再一次提醒我們的是恢復翻譯者所標示的獨異角色以及外在於文化差異歷史銘刻的流變或生機時間。

因此，酒井的翻譯「渡越主體」精簡地勾勒了翻譯皺摺的雙重運動。渡越主體在言說結構與溝通情境中曖昧不明的定位，剝奪了翻譯者作為個人的可能，酒井稱之為「人格的游移與不可決定性」（13）。然而翻譯者的角色作為皺摺運動，根據傅柯－德勒茲皺摺的定義，是一連串將外部內部化的過程，亦即在內部製作一個外部的複本。因此，酒井所展示的

日本主體構成，並非在日本內部複製一個西方他者，或將自身投射為西方他者的形象與知識，摺皺運動意味著「自我以他者的複本居住在自我之中」（Deleuze, *Foucault* 98）。這是日本在日本思想史中形構日本主體的翻譯體制。因此日本主體的形構披露內部與外部、日本語與外國語、日本與西方、本土與外來之間的拓樸關係，亦即，日本與自我以及（日本）與外部的關係相互對應，外部與內部在翻譯的摺皺運動中緊身毗鄰。

酒井將翻譯者標誌為獨異的角色，在話語以及社會的實踐中，在不連續性中創造連續性。我們憶起萊布尼茲－德勒茲皺摺中的「摺皺－點」，翻譯者在這一點上將語言學與社會元素（聲音、表記、符號、詞彙、句法、文法與風俗習慣等）在裝配線上組配，如「皺摺－點」披露摺曲線變異的曲度，而翻譯作為摺皺事件與行動，渡越主體一方面展示其特定視角的表現，但同時暗示著語言本身與社會的內在多重性或不連續性。因此渡越主體的每一次聯結，在其組配的當下同時保障了一個字詞到另外一個字詞、一個概念到另一概念、一個皺摺到另一個皺摺、以及一個皺摺系列到另一個皺摺系列的通道。

酒井時常耳提面命那在翻譯再現中被抹煞的翻譯時間性，而酒井嘗試喚回的正是翻譯再現中被遺忘的重複，亦即翻譯再現無法表達的內在性差異或大寫差異本身。如傅柯－德勒茲皺摺所展示的，「摺皺與複本本身即是大寫記憶」

（*Foucault* 107），且時間作為主體的根本結構，我們可以理解為何酒井堅持將主體（*shutai*）安身在柏格森的綿延之中。對酒井而言，我們必須遺忘銘刻在文化差異中的當下歷史而得以獲得語言與文化的生機時間，而翻譯作為重複意味著，摺皺本身一面製作當下的複本，同時不斷被遺忘以及重新摺皺。簡單的說，翻譯亦即重新述說，並意味著重新翻譯。

## 三、翻譯摺皺的生命

　　在上述的討論中，我們借助班雅明的翻譯概念，將翻譯視為摺皺的行動與事件，同時經由酒井直樹的渡越主體，將翻譯者的語言與社會實踐視為主體化的過程，即外部內部化的雙重摺皺運動。如傅柯－德勒茲皺摺所闡明的，外部是充滿尚未層疊化與歷史化的力的場域，而摺皺的主體化運動所展示的則是一個反抗的自由主體，亦是生命本身。這正是我們將翻譯視為皺摺尋求的美學倫理與生命政治，亦即透過翻譯創造新的表達形式與發現新的生命樣態。

　　高苔（Barbara Godard）在〈德勒茲與翻譯〉（Deleuze and Translation）一文中簡要地碰觸了這一問題。儘管文章大部分討論德勒茲作品的英譯等相關問題，但文章仍準確地將翻譯與皺摺的概念連結，並宣稱以皺摺取代「亟需橋梁的深淵」（abyss-in-need-of-a-bridge）而成為翻譯的典範（60）。高苔的意思是以德勒茲援引自萊布尼茲的皺摺概念——即將內涵

（implication）視為遵循連續性法則摺入主體的關係，一如外部內摺與內部外摺——取代長久以來支配歐美翻譯理論的模擬再現（mimetic representation）原則——即意義凌駕其上，並以字詞對字詞、意義對意義的翻譯策略（59－60）。在簡短的討論中，高苔明確指出這一摺皺概念下的精髓在於「中介」（the in-between）與「在之間」（middle），亦即以 AND 取代 IS 的邏輯（60）。

我們在巴洛克皺摺的討論中曾提及，德勒茲不只一次強調理想的皺摺是 Zweifalt，並非在兩者之間摺皺（a fold in two），而是兩者的摺皺（fold-of-two），在之間（between）（The Fold 10）。事實上這一「中介」與「在之間」的概念貫穿德勒茲的哲學，而其中最為人熟知的大抵是德勒茲與瓜達希在《千高台》（A Thousand Plateaus）一書中為根莖（rhizome）概念所寫下的那些原則，包括連結、多樣性、多重性、非指意的斷裂、繪圖學與釉印法等（3－25）。然而在題為〈論英美文學優越性〉（On the Superiority of Anglo-American Literature）一文中，德勒茲再一次言簡意賅地陳述了這些原則。對德勒茲而言，真正的文學或書寫（少數文學）都是一次語言、社會與生命的實驗，簡單的說，即「流變－少數」（becoming-minoritarian）（Dialogues II 44）。然而這裡必須註記的是，書寫最細微的單位並非字詞、想法、概念或符旨（signifier），而是組配（assemblage）（Dialogues II 51）。組配在語言與社會場域中運作，形成固定的領域與去領域，組配共同運作（cofunctioning）、同情（sympathy）與共生（symbiosis）（*Dialogues II* 52）。因此書寫追溯的是路線，「逃逸路線」（line of flight），一種「繪圖學」（cartography）（*Dialogues II* 36）或「關係的地理學」（geology of relations）（*Dialogues II* 56）。這是德勒茲的 AND 取代 IS 的邏輯。因此，書寫繪製的是生命在「之間」的迂迴路徑中躓踣前進的路線。[10]而翻譯行為本身作為書寫事件與行動，所展演的便是這一生命的摺皺運動。

對萊布尼茲與對懷海德而言，事件意味著主體的構成或創造。一如懷海德向我們展示的，攝受（prehension）提供感知材料，並在公眾與私密、可能與真實之間形構主體，而萊布尼茲的單子（主體）則確認了感知材質的自發性以及視角的功能性運作。但重要的是，主體在其自身享樂的原則下意欲著創造新的事物（a production of novelty），這意味著「私密

---

10　而這寫作的倫理同時也是德勒茲從斯多葛學派引申而來的「事件」：*Amor fati*；需求事件（to want the event），以及反－執行事件（to counter-effectuate the event）（*Dialogues II* 65）。從斯多葛學派引申而來的事件概念成為德勒茲哲學一個重要的基礎，在《意義的邏輯》一書中德勒茲有相當繁複的引申與運用。與本文相關的至少包含幾個面向。首先，事件並不限於實際的身體，而是非實體的效用，且事件本身並強調其不定詞時態（to green, to cut, to die, to love …）。另外，與文學或語言組配相關的還包括慾望機器連結的領域化（territorialization）與去領域化（deterritorialization）作用等。

主體自我真正量子的解放」（*The Fold* 79）。而關於主體的具體描述再次引領我們回到傅柯－德勒茲皺摺，亦即主體作為外部內部化的摺皺運動。在翻譯的語言與社會實踐中，生命存在於翻譯的皺摺中。而在翻譯的摺皺運動中，時間與空間狀況定義了生命的內涵——亦即外部與內部的拓樸關係以及現在與過去的時間通道。翻譯者在外部與內部毗鄰的境域以及現在與過去溝通的薄膜間迂迴前行，追溯生命的路線，同時，翻譯者在不連續性中組配連續性，因此將譯文與原文帶入某種拓樸關係。在此語言的「中域」（milieu）（在之間），內部／外部、譯文／原文、本土／外來之間的界線已無法區辨。此一拓樸關係限定了可述性的層疊與配置，但這並無關乎原文與譯文之間語意的忠實或背叛，也不涉及本土與外來語言與社會領域的確認與鞏固。更重要的是，此一外部的摺皺運動同時被時間所攫取。柏格森的綿延或德勒茲的外部記憶重新安置了主體，這也說明為什麼酒井在關於翻譯時間性的討論中強調主體不斷由主觀空間性中逃離的命運。

更具體的說，在翻譯的摺皺事件與行動中，譯文在自身語言內部組配語言學與社會的元素，製作一個外部的複本，並與外部呼應，將那最遙遠的點轉為最近的點。因此，摺皺運動同時生產了內在性與外在性、內部與外部。這是翻譯摺皺的生命，是萊布尼茲－德勒茲皺摺的表現主體形構，同時也是傅柯－德勒茲皺摺的創造性主體與生命自由。而關於這一皺摺中的生命，德勒茲給予了詩意的描述：「在主體化的境

域中，成為自己速度的主人……成為自己分子與特徵的主人：
一艘作為外在的內在小船」（*Foucault* 123）。

# 翻譯中的差異與空間概念

陳佩筠 *

## 摘要

　　全球化時代，翻譯活動頻繁複雜，當代翻譯論述因而多元發展，關於方法論的反省便更顯迫切。本文的出發點是重探「差異」概念在當代翻譯理論中扮演的角色，並綜觀過去三十年間的發展，探詢「差異」是否還能發揮其效力。「差異」在翻譯立論中雖已有精緻的處理，德希達式的延異（différance）仍有值得思索之處。本文意圖細察延異的「空間」面向，並據以延伸至當代翻譯論述中一再出現的「邊界」與「線」的比喻。劃分邊界／線（bordering）作為一個展演式的行動（performative act）與差異的概念密不可分。劃分邊界／線就是區分，而任何區分都可能帶有政治意涵，在語言中劃分邊界／線就是本文所理解的翻譯活動。若傅柯所言屬實，「當前的時代或許是空間的時代」，那麼翻譯理論的發展也不應迴避當今思潮正經歷的「空間轉向」（spatial turn）。翻譯研究中的空間轉向如果可能，我們必須同時考量兩個層面：在微觀層面

---

\*　淡江大學英文學系副教授。

上，須處理語言的差異化過程，翻譯本身就是在語言之間劃分邊界、區分差異的動作。在巨觀的層面上，須面對文化的地緣政治（geopolitics）的問題，文化之間的權力關係與翻譯活動密不可分，因此翻譯活動具體呈現出全球不同文化之間的地緣政治分布狀況。本文聚焦於這兩個層面，前者將以德希達在論書寫時提出的空間延展（spacing）、闔徑（breaching）等概念來檢視差異的「空間」面向，後者則從當代翻譯論述中時常出現的空間隱喻著手（特別是「邊界」），將翻譯理解為一種區分內與外、決定納入（inclusion）與排除（exclusion）的政治行動，藉以檢視翻譯如何介入全球文化地誌（geography）的塑造。無論是在微觀還是巨觀的層次，翻譯由差異而來又產生差異。這個理解下的翻譯，不再是為了因應全球化時代更頻繁的溝通需求而發展的工具，而是積極介入全球化時代權力空間佈置的關鍵動力。

關鍵詞：空間、地緣政治、延異、闔徑、劃分界限、德希達

# Difference and Space in Translation

Pei-Yun Chen *

## Abstract

Translation is active in the age of globalization, and contemporary translation discourses are therefore flourishing. Under such circumstance, the theoretical reflections upon translation are more urgent than ever. This paper takes its departure from reconsidering the concept of "difference" in translation theory. Even though attention has been paid to "difference" in discourses on translation, it is still worthwhile to explore the full potentiality of Derridian *"différance"*. This paper intends to examine the spatial dimension of *"différance"* and the figurative use of "border/line". Bordering as a performative act has a lot to do with difference. Bordering is distinguishing, and any distinction is political. Translating act in this paper refers to the bordering of languages. If our era seems to be that of space, as Foucault argues, it seems that translation discourses cannot be divorced from what we can call the "spatial turn". If the spatial turn is possible in translation studies, two dimensions must be considered simultaneously: language, on the one hand, and culture, on the other. The former concerns Derrida's discussion on spacing and breaching in writing, and the latter, metaphors of space (border/ing). Translation is

* Associate Professor of Department of English, Tamkang University.

both generated and generating difference. Understood in this manner, translation is not merely a vehicle for communication; instead, translation is a crucial agency involving in the distribution of power and space in the age of globalization.

**Keywords**: Spatial turn, *différance*, breaching, borer/line, Derrida

2010年出版的《現代語言學會期刊》（*MLA Journals: Profession*）製作了「全球脈絡下翻譯的任務」專號（"The Tasks of Translation in the Global Context"），數個當代美國最重要的翻譯理論學者的論文皆囊括其中。翻譯論述在當今學術圈裡受到相當的重視，原因或許不難理解，正如這個專號題目已表明的：我們正處於全球化時代，翻譯活動與翻譯所涉的政治性變得頻繁而複雜，在其中運作的權力配置也顯得瞬息萬變，速度之快，無可預測。不消說，當代翻譯論述的發展快速、多元，但正因論述眾多，加上更精緻、更專業的研究方向開始分歧，方法論上的反省與發展也出現新氣象。

在如今這個文學領域紛雜、百花齊放的時代，2010年的現代語言學會仍將看似已經被討論得夠多的「翻譯」設為主要議題，其中有幾點值得我們進一步省思。這本專號中愛蜜莉·艾普特（Emily Apter）的論文〈哲學翻譯與不可譯性：翻譯作為批判性教法〉[1]提出目前的翻譯論述發展趨勢。艾普特敏銳地觀察到近來逐漸引人注目的翻譯面向之一是哲學翻譯與翻譯哲學（Translation of Philosophy / Philosophy of Translation）。但至少可溯及三十年前的80年代，翻譯的問題就逐漸開始在哲學領域中受到一定程度的重視，「翻譯」在近

---

1 全文詳見：Apter, Emily. "Philosophical Translation and Untranslatability: Translation as Critical Pedagogy"。本文中所有中文譯文，若無特別註明者，皆為筆者自譯。

三十年內成為哲學論述中一個重要的比喻。將翻譯與哲學問題聯繫在一起的主要哲學家德希達（Jacques Derrida）就直言：哲學的起點就是翻譯或可譯性[2]。如果翻譯是哲學的起點，那麼有沒有可能建立一種「翻譯哲學」？

艾普特的回答是肯定的。她認為翻譯哲學應該成為哲學的一部分，也就是將翻譯的問題帶到哲學領域中。如果翻譯是一種書寫、思考、生產的媒介，翻譯的哲學化將使得翻譯不再單純是轉碼、轉譯、詮釋等活動的比喻而已。事實上，翻譯的哲學化並不是近來才開始。根據艾普特的說法，1985年出版的《翻譯中的差異》（*Difference in Translation*）[3]，是聯繫哲學與翻譯的里程碑，其中收錄德希達的著名論文〈巴別塔〉（"Des Tours de Babel"），是一篇與翻譯有關又再被翻譯的論文。

從80年的研討會以及85年《翻譯中的差異》的出版，到2010年現代語言學會再度將翻譯設為主要議題，其間約莫三十年間，正好是翻譯論述開始受到重視且迅速發展的期間，其中的發展細節無法在此一一詳述。但「差異」這個概

---

2 參見：Derrida, *The Ear of the Other: Otobiography, Transference, Translation*, 120。

3 本書為論文集，由喬瑟夫‧葛拉漢（Joseph F. Graham）主編，集當時翻譯研究中的碩彥。這本選集的論文先於1980年在紐約州立大學賓漢頓分校舉辦的研討會發表，經改寫而後出，成為翻譯理論中舉足輕重的重要著作。後文中簡稱為 DT。

念在當下的翻譯理論中，是否還能發揮其效力，如果能，又將如何發揮其效力，且成為翻譯哲學的發展中不可或缺的一環，便是本文的出發點。

再觀察當下翻譯研究中已具能見度的議題，2013年出版的期刊《翻譯研究》（*Translation Studies*）製作了「全球翻譯地景」專號，在專號簡介中，編者開宗明義指出「地景」隱喻有助於翻譯理論的發展，因而可能促動當代翻譯研究的典範轉移（paradigm shift）[4]。這個以地景作為主題的專號顯示出「空間」的概念和翻譯研究已建立起一定的關聯性，其淵源可溯及1960年代晚期的批判理論，空間概念已在其中佔一席之地。晚近的移民書寫、後殖民文學、旅行書寫等皆與空間概念有密切的關聯，因而加深空間概念在文學論述中的重要性。除了上述脈絡以外，可補充的是自90年代以降如火如荼發生的「文化轉向」對翻譯研究的發展有極大的影響。儘管學者對「文化翻譯」一詞的確切開展時間持不同意見[5]，不容

---

4　請參見Kershaw, Angel and Gabriela Saldanha. "Introduction: Global Landscapes of Translation"。

5　在巴斯奈特（Susan Bassnett）撰寫之〈文化研究中的翻譯轉向〉（1998）一文中，直指文化研究與翻譯研究之間的平行發展關係。其中提及早在1990年她與列夫維爾（Andre Levefere）合著的《翻譯、歷史與文化》一書中已經指出翻譯研究應該超越跨語際的範疇，而將文化與歷史等面向視為翻譯中不可或缺的面向。然而，於2009年出版的專書《翻譯研究轉向：新典範或觀點轉移？》（*The Turns of Translation Studies: New*

否認的是，文化翻譯直到如今仍是翻譯研究中最具動能，同時也較具議題性的概念之一。再以《翻譯研究》期刊作為例子，自2009年開始的「翻譯研究論壇」，特別以文化翻譯作為主題，廣邀全球各地的學者參與對話。論壇的設計理念是，「文化翻譯」一詞雖然被廣為使用，其確切意義卻仍具爭議。至於文化翻譯這個概念究竟如何能夠深刻影響翻譯研究的根本預設，也仍需進一步釐清。

　　論壇引言人柏頓與諾渥奈（Boris Buden and Stefan Nowony）認為，文化翻譯之所以在當今有其重要性，是由於它本身的矛盾特點：一方面，文化翻譯支持多元文化主義，挑戰普世性（universality）。「普世性」必然預先排除了文化建構的可能，多元文化主義則突顯出任何概念皆可能是文化建構的結果，或者與文化有關聯。換言之，任何一個看似普遍的想法，可能都是由許多不同族群文化共同造就，其源頭從來不是單一純粹的。多元文化主義的主要訴求是保護在主流社會中的弱勢族群的特殊文化認同，然而，弔詭的是，多元文化主義在力挺弱勢族群的文化認同的同時，也表示多元文化主義已先預設弱勢族群的文化認同是原本如此、獨特的，因此其合法性必須被保護。另一方面，文化翻譯也解構了多

---

*Paradigms or Shifting Viewpoints?*），歐洲學者斯奈爾‧霍比（Mary Snell-Hornby）提出不同的觀點，認為90年代的文化翻譯的發生是指在英語系國家而言，在德國則是自80年代已經開始。

元文化主義的預設。就解構的立場來說，文化是由論述建構而成，沒有所謂的起源，唯有「蹤跡」（trace）。國族的建立亦是如此，就如霍米·巴巴（Homi Bhabha）所言，國族（nation）是透過敘述（narration）而建構。要理解文化翻譯的概念，上述兩個看似相互矛盾的面向必須同時考量，這是柏頓與諾渥奈定義的文化翻譯，「翻譯是一個文化與政治的現象，提供了我們現在稱之為『文化翻譯』的特定脈絡。」（199）

我們可以從論壇引言看出幾個明確的原因，以解釋為何文化翻譯在當今全球化時代中，其動能並沒有在90年代之後，隨著後殖民研究退潮或轉向，反而顯得方興未艾。文化翻譯的概念必然帶有政治面向，儘管文化與國族的畛域不一定重疊，但文化認同與國族認同的問題往往牽涉到複雜的政治角力，兩者也都在本質論和歷史建構論的兩端擺盪。我們因此可以說，文化和國族的相通之處，便是可由畛域（territory）的角度，觀察文化的具體拓展或萎縮狀況，因而建立起文化翻譯與空間概念的關聯性，也回應了翻譯理論中出現的地景（landscape）、地形誌（topography）、文化地理（cultural geography）等與地緣政治（geopolitics）[6]相關的種種說法。

---

6　「地緣政治」一詞，根據 Gearóid Ó Tuathail 在《地緣政治讀本》（*The Geopolitics Reader*）裡的定義，是「權力／知識的一種形式，出現於1870年代到1945年間的帝國爭奪時期……製造、分配，然後更改並重

將空間概念與文化翻譯關聯起來的重要代表人物當屬霍米・巴巴。他提出「第三空間」以闡述移民社會中文化差異所造成的「居中」（in-between）特性以及離散認同（diasporic identity）。第三空間是混雜（hybridity）的空間，解消二元對立的邏輯。對於巴巴來說，翻譯的任務在於協商（negotiate）。協商之所以必要，正由於文化之間存在著不可化解的衝突與不可譯性。混雜或是第三空間在某個程度上有其解釋力，闡述人口高度流動的全球化時代下，人們應如何思索國族與文化的錯置（displacement）而造成的離散認同問題。換言之，巴巴的論述策略是將原本以國族認同作為基礎的傳統想法轉化成以錯置為出發點（Weigel 191）[7]。然而混雜的概念，在巴巴

---

劃權力界線，也就是世界政治地圖的邊線。」（15）本文探討之不同文化之間的邊界指的是當今全球化時代下的版圖配置，嚴格來說並不切合地緣政治一詞所涵蓋的時代與內容。但由於文化之間的角力與邊界的劃分仍與權力／知識有密切的關聯性，筆者乃援用「地緣政治」一詞來突顯文化翻譯和地理、畛域等空間概念的政治特性。

7　德國文化理論學者 Sigrid Weigel 在 "On the 'Topographical Turn': Concepts of Space in Cultural Studies and *Kulturwissenschaften*: A Cartographic Feud" 這篇論文中爬梳文化研究的發展歷史，並據此指出文化研究論述中逐漸出現的地誌轉向，空間的概念在文化研究中的重要性可見一斑。對於 Weigel 來説，文化研究中的地誌轉向並非完全為了描繪（mapping）文化論述的地理型態，而是較接近一種論述方向的轉化，開始強調文化認同與國族認同不一致的現象與經驗。因此文化論述開始以錯置（displacement）「取代人口遷移的慣常概念，諸如放逐、離散等」（191）。

提出當下的後現代情境中雖開拓一條新的理論路徑，如今看來卻已略顯不足，因為巴巴未能提出「翻譯如何能夠確實用於改變既定社會關係的建制」（Buden and Nowotny 206），並且也未說明文化翻譯與翻譯本身之間如何得以連接（Italiano 3）[8]，也就是說，「混雜」無法有效解釋文化翻譯和語言翻譯之間的關係。從巴巴的混雜概念所受到的批評看來，翻譯論述仍持續尋求具體、並能同時考量對翻譯活動有直接關係的語言與文化兩個主要面向。

## 翻譯研究的空間轉向

翻譯論述的發展受到當代歐陸哲學的影響甚鉅，其中不容忽視的影響分別是發生在二十世紀初的語言轉向以及二十世紀末的文化轉向。關於「轉向」一詞的涵義，以及究竟如何才能被認定為「轉向」，學界多有討論。在《作為旅行概念的想像地理：傅柯、薩伊德以及空間轉向》一文中，德國學者弗蘭克（Michael C. Frank）提出公允的解釋。他認為在當今鼓勵方法多元、理論混用的學術氛圍下，「轉向」應該被理解

---

隨後，文化研究「轉化為一種受到民族誌影響的文化理論」（191），巴巴的代表作《文化定位》即是其中一例。

8　有學者提出，「巴巴的問題是將文化翻譯的過程獨立出來，但我們在他作品裡找不到他如何解釋所謂的『翻譯本身』（或是雅克博森稱的『跨語際翻譯』）和文化翻譯的概念之間的關聯」（Italiano 3）。

為「差異化與特定化的過程」,是「批判視角以及與關注點的(逐漸)轉移」(65)[9]。以這個角度理解,所謂的轉向並不意指方法論上或者想法上的倏然轉移或斷裂,而是每一個新的想法皆與之前既有的想法並存,不會全然取代。值得注意的是,轉向一詞「與其說是事實的陳述,更像是對於行動的鼓勵」,具有「展演性的特點」(66)。在這個意義下,我們可以在語言轉向與文化轉向之後,探討「空間轉向」的可能。

近年來已陸續有專就空間轉向進行探究的學術論文出版[10],這些論著雖各有關注的議題以及論述脈絡,但從當代論述中空間概念漸顯重要的現象看來,空間雖然並非嶄新的概念,空間轉向卻帶來重要的貢獻,突破從前空間所扮演的既存的、固定不動的被動角色;空間可以被理解為可變動、甚至是主動的。傅柯於1967年發表的短文〈論異質空間:烏托邦與異托邦〉,咸認為是對於空間轉向有重大影響的開創性代表作。文章一開始傅柯就大膽聲稱,如果十九世紀人們的執

---

9　詳見 Frank, Michael. "Imaginative Geography as a Travelling Concept: Foucault, Said and the Spatial Turn" 一文。

10　除了上述 Frank 以及 Weigel 的著作以外,讀者還可參考晚近出版的幾篇專門以空間轉向為題的論文,包括 Aseguinolaza, Fernando Cabo, "The Spatial Turn in Literary Histography" (2011); Hess-Lüttich, Earnest W. B. "Spatial Turn: On the Concept of Space in Cultural Geography and Literary Theory"(2012); Italiano, Federico. "Translating Geography: The *Navigatio Sancti Brendani* and Its Venetian Translation"。

迷在於歷史，那麼當前的時代或許就是空間的時代。我們處在「近與遠，毗鄰與四散同時存在且並置的時代」（330）[11]。雖然傅柯在此短文之後並沒有系統性地全面發展出有關空間概念的論述，這篇短文卻藉由簡述「空間」在西方歷史的發展，提出空間逐漸具有「動態」的特點。空間原本在中世紀時被認為是地點的定位（localization），經歷十七世紀以降伽利略將之解釋為展延（extension），直到今日，人們對於空間的理解不再是展延，而是「佈置」（arrangement）。空間佈置意指「點與元素之間的鄰近關係，在形式上可被描繪成序列、樹狀圖、以及網絡」（330）。空間佈置的說法牽引出空間概念的動態特點，因為序列、樹狀圖、網絡等空間隱喻皆根據不同點之間的關係而更動。以更具體的角度來說，傅柯提及全球人口的分布方式不僅只是一個探究居住空間是否足夠的問題，更重要的是，空間在我們這個時代是以「模式排序（ordering）的形式展現自身」（331）。即使我們不能武斷地聲稱傅柯這篇短文就是當代論述中空間轉向的濫觴，至少他為空間概念提出了顛覆性的理解。人與空間的關係不再是人在一個固定不動的空間中施行各種權力而將空間劃分成某種樣態。反之，傅柯認為，我們「處於一連串的關係之中，因而我們在空間中的位置是由這些關係所決定的，我們所處的每

---

11　引用英譯本頁碼，出處為：Leach, Neil. ed. *Rethinking Architecture: A Reader in Cultural Theory*, 330－36。

個位置無論如何也不會相互等同或重疊」（331），此為異質（heterogeneous）空間的意涵。

在傅柯的短文發表之後的數十年間，紛紛出現文化地理的空間轉向、文學理論的空間轉向、文化研究的空間轉向、文學史的空間轉向等等說法。也許我們此時也應更謹慎地探討翻譯理論的空間轉向是否可能。如前文所述，翻譯論述一方面受到當代歐陸哲學的影響，因此可能建立起「翻譯哲學」；另一方面，翻譯研究也與文化研究平行發展，因而「文化翻譯」佔有一席之地。當代歐陸哲學以及文化研究如果可以說是牽動翻譯論述的兩軸，那麼本文的意圖是在這兩軸之間探討翻譯理論的空間轉向。而要談空間轉向，我們仍需分別回到哲學與文化研究中牽涉到空間的若干關鍵概念。另外，翻譯理論在根據不斷變動的歷史條件而改變自身時，仍尋求可以同時考量語言與文化兩個面向的可能性。基於此點，我們有理由一方面細察當代思潮關於語言的探討及其對翻譯的啟發，另一方面則探查全球政治與文化畛域的佈置。換言之，翻譯研究中的空間轉向如果可能，我們必須同時考量兩個層面：在微觀層面上，須處理語言本身的差異化過程，我將翻譯理解為一個在不同語言之間劃分邊界、進行區分的動作。在巨觀的層面上，須面對文化之間的權力關係，而文化間的角力與翻譯活動密不可分。哲學部分我將主要以德希達（Jacques Derrida）早期著作中關注的一些書寫隱喻，並探討延異（*différance*）的空間面向。文化研究部分，我認為

酒井直樹（Naoki Sakai）提出的「劃分邊界」（bordering），以及華特・明紐羅（Walter Mignolo）在專書《在地歷史／全球謀劃》（*Local Histories / Global Design*）中提出的「邊界思維」（border thinking）這兩個說法對於思考翻譯的空間面向特別具有啟發之處。在這個層面上，我將翻譯理解為一種區分內與外，決定納入或排除的政治行動，進而介入全球文化地誌／景的塑造[12]。語言與文化這兩個對於翻譯至關重要的兩個面向、牽動翻譯論述的兩軸，事實上從來不是矛盾衝突、相互排除的。「劃分邊界」隱喻本身是空間的概念，並與「差異」有直接的關聯性。藉此隱喻我們得以探查翻譯研究的空間轉向，且將語言與文化這兩個面向串聯起來。更重要的是，翻譯不只是讓文本在兩個既存的語言範疇之間轉換（transfer），不只是使文本等距「平移」（"translation" 在幾何學的意義便是將一物的每一點都朝向同一個方向移動相等的距離），而應將之理解為差異化的動作、一種政治行動。翻譯不僅只是兩個語言之間的差異的結果，而是差異化動作本身。

在探討翻譯論述的兩軸之前，有必要點出在選擇「劃分

---

12　在專書 *B/ordering Space* 的序文中編者提醒讀者，邊界並不囿於實質的國家邊界，「更重要的是，畛域性的邊界秩序（b/order）是一個規範性的概念，堅信畛域間的接合確實存在並且有延續性，以及差異化權力在日常社會實踐中只會變得具體、確定、真實」（3）。這裡使用的 b/order 與酒井直樹提出的 "bordering" 相近，都是以邊界劃分來具體化空間佈置的動作。詳見：Houtum, et al. ed. *B/ordering Space*, 1－13。

界線」作為核心隱喻時，另一個潛藏不顯的理論背景是後殖民論述。空間轉向可以說是在後殖民論述的發展中發生的。如果「地緣政治」是指帝國主義時期諸帝國瓜分殖民地的圖景，後殖民關注的便是在標示帝國主義終結的二次大戰後的地誌變化。但這種地誌變化，不再只是探勘實際的國土劃分，而將焦點轉移至薩伊德（Edward Said）在代表作《東方主義》提出的「想像地理」（imaginative geography）。薩伊德認為，東方與西方這種地理的劃分並不全然指涉實際的地理方位，而是源自西方對於東方的想像，隱藏在後的意圖則是西方藉由排除異己，以建立自身的認同。舉具體的例子來說，「一群人在幾畝地上生活就會畫疆界，以區分他們的土地和其他地方，疆界以外的地方，就稱之為蠻夷之地。人們稱自己熟悉的空間為『我們的』，不熟悉空間便是『他們的』，這種進行地理劃分的普遍方式可能是全然任意的。」（54）地理劃分的任意性便是想像地理的來源，這種地理劃分的結果形成人為的疆界，且往往由西方單方面決定，並不需要非我族類的「他們」認可。

繼《東方主義》後，薩伊德在《文化與帝國主義》以大量十九、二十世紀的西方文學文本為佐證，展示西方以文化來建構「他者」的過程，因為「文化往往是帶有侵略性地與國家或民族結合在一起，區分『我們』和『他們』」（xiii）。如果薩伊德的意圖是以文學文本作為佐證，端看西方如何建構他者，印度翻譯理論家尼倫賈納（Tejaswini Niranjana）則是

從翻譯文本著手，提出翻譯在建構他者的過程中扮演著舉足輕重的角色。翻譯「使用再現他者的方式，為殖民者加深被殖民者的樣貌，使得被殖民者被視為薩伊德所稱的『再現』，或是一群沒有歷史的客體」（*Siting Translation* 3）。然而弔詭的是，「翻譯也為被殖民者提供了一個歷史位置。」（同上，粗體為原文斜體標示）作者從後殖民的角度重新閱讀後結構的若干概念後，提出翻譯一方面是殖民者用以馴化被殖民者的工具，是以論述方式建構他者的關鍵，但另一方面，翻譯也介入論述形構（discursive formation），在起源處注入「異質性」，打破純粹的迷思，證明起源本身從來不是完整的。在結論處，尼倫賈納聲稱：「由重／再譯（re-translation）而生的解構開啟了一個後殖民**空間**，使『**歷史**』清晰可辨。」（186，粗體為原文斜體標示）《定位翻譯》一書中有許多值得探討的議題，但我這裡想突顯的是，從薩伊德到尼倫賈納所代表的後殖民觀點，皆指出權力的不平等關係得以施行，正是仰賴「區分」的動作，將「我們」與「他們」區分開來，因此界限兩邊的空間有了不同的意義，一邊是文明的我們，另一邊是野蠻或神祕的他們。翻譯自文化、國族、語言的區分而生，有了這些區分才需要翻譯，但翻譯本身卻也提供位置、生產空間。在這個脈絡下，長久以來用轉換或轉移的方式來比喻翻譯便顯得不適切。西方與非西方的區分並不是「本質上」的差異，而是西方以論述方式形構出來的差異，是「想像的」地理劃分。翻譯在論述形構中進行「差異化」，或者更確切地

說，翻譯既差異化兩者，又使得兩者得以連接。翻譯就是劃分邊界，一個永無止盡的運動，在一連串的關係中不斷「關徑」的過程，隨著翻譯行動的展開，權力分佈的圖景因而不斷生成、流動。「差異化」動作本身涉及語言層面與文化層面。在語言層面，要探討翻譯與差異的問題，恐怕不能迴避對當代翻譯理論有重大影響力的哲學家德希達。

## 語言的差異與空間

眾所皆知，德希達的「延異」（*différance*）在翻譯論述中的討論與應用早已充分發展，例如2001年出版的《解構與翻譯　》（*Deconstruction and Translation*）[13] 一書，作者戴維斯（Kathleen Davis）花了整本書的篇幅專門探討德希達的哲學思考與翻譯的關係。德希達的哲學論述有一個特點，藉由細察一個意義豐富的字（如 *différance*、如 pharmakon 等等），突顯出一字多義對於翻譯造成哪些限制與困難。有趣的是，許多西方哲學論述都是由一個意義複雜且豐富的字逐漸發展成一個嚴謹的思維。觀察當代西方思潮便不難發現，諸如身體（body）、事件（event）、表現（expression）、力（force）等詞彙皆屬此例。在解構思潮早已席捲整個歐陸思想，甚至如今已略顯退潮的狀況下，如果探討德希達的語言哲學與翻譯的

---

13　Davis, Kathleen. *Deconstruction and Translation*.

關係仍有價值與貢獻，那應當是由於「翻譯」本身也成為意義複雜且豐富的詞，並且逐漸牽引出更龐大的翻譯思維，例如 François Laruelle 就直接以「翻譯（與）思維」（"translating〔and〕thinking"）來論述哲學、語言、翻譯三者的關係[14]。由這個角度看來，翻譯一詞便不再能被簡單認為是哲學論述中的一個隱喻，而是在不斷的問題化中開展的思維。

然而，有別於現存的研究成果，本文不擬重複德希達如何將「翻譯」的概念嵌入歐陸哲學的脈絡中，突顯翻譯在解構思潮中的重要性。我想從語言本身的延異出發，聚焦於空間面向，進而延伸至翻譯的問題。德希達的著名的短文〈延異〉（"*Différance*"）[15]對於翻譯與差異多有啟發。「延異」包括空間上的差異（to differ）和時間上的延遲（to defer）兩義，兩者是差異概念不可或缺的兩個面向，德希達關注的是時間的空間化以及空間的時間化。為求主題集中，本文將焦點放在「空間化」（*espacement*, spacing）的論述，這當然不代表時間的面向較不重要，事實上，不少關於「延異」的研究關注時間面向比空間得多。法國學者布希勒（Louise Burchill）聲稱，「空間化」絕對是德希達著作中的關鍵，空間化「與延異、書

---

14 請參見 Laruelle, François. "Translated from the Philosophical: Philosophical Translatability and the Problem of a Universal Language."

15 "*Différance*" 一文收錄於 *Margins of Philosophy*, pp.1－27. 以下簡稱為 *MP*。

寫以及解構密不可分」（27）[16]，這表示德希達藉由空間化的概念，將延異、書寫、解構三者勾連起來。但在這三者之外，還有「記憶」必須納入考量。德希達的「延異」概念得益於佛洛伊德對於記憶形成的解釋。佛洛伊德認為，空間上的差異與時間上的延遲兩者是緊緊在一起的，差異是「分辨、區別、分隔、間斷、**空間化**」 "discernibility, distinction, separation, diastem, *spacing* "（*MP* 18，粗體為原文斜體標示）。由此，德希達進一步發展「蹤跡」（trace）以及「闢徑」（*Bahnung*, breaching）等概念。蹤跡、闢徑、以及衝破的力，這些都與差異的概念密不可分，沒有差異就不可能闢徑，沒有蹤跡也就沒有差異。差異是產生間隔、隔出一段距離，空間化在具有他者要素的條件下產生。

佛洛伊德使用的「闢徑」隱喻本身帶有差異與空間的概念。闢徑這個動作包括了某種暴力與抵抗。德希達在另一篇論文〈佛洛伊德與書寫場景〉（ "Freud and the Scene of Writing"）[17]裡，針對闢徑有更詳細的闡述。這篇文章的內容貫穿佛洛伊德自1895年的著作《科學心理學計畫》（*Project for a Scientific Psychology*）到1925年的短文〈神奇書寫板筆記〉（ "A Note Upon the 'Mystic Writing Pad'"）中使用的「書寫隱喻」，

---

16　詳見 Burchill, Louise. "In-Between 'Spacing' and the '*Chôra*' in Derrida: A Pre-Originary Medium?"。

17　本文收錄於 *Writing and Difference*, pp. 196－231. 以下簡稱為 *WD*。

德希達的解讀揭示出佛洛伊德使用的書寫隱喻雖仍囿於形上學，卻透露出「表音文字」（phonetic writing）逐漸讓位給非表音的「表形文字」。表音文字一再確認了聲音與在場（presence）的優先性，因而致使「語音中心主義」（logocentrism）與西方哲學傳統屹立不搖的地位。對於表音文字的反駁即是對於語音中心主義的挑戰。佛洛伊德使用的書寫隱喻「開啟了對於隱喻、書寫以及空間化的質疑」（WD 199）。佛洛伊德用書寫隱喻來類比記憶形成的方式，因為記憶是心理學理論中不能忽略的重要一環。在早期的著作中，佛洛伊德仍堅持心理學是一種根據生理學基礎發展的科學，因此在《科學心理學計畫》裡佛式的論點奠基於兩種神經元的不同作用導致記憶的不同階層結構。一種是知覺神經元，不會保留印象接收的蹤跡。另一種神經元則會保留印跡，這種神經元可以再現記憶，而「這是記憶的第一次再現，也是記憶的第一次出場」（WD 201）。因此作為心理本質的記憶是一種「抵抗，更確切地說，是藉由抵抗從而闢開一條蹤跡」（同上）。要闢出一條蹤跡，必須在抵抗中進行，而必須抵抗，正由於不同路徑之間存在差異，這些路徑間的差異才是記憶的根源。德希達解釋道：「沒有不帶差異的純粹闢徑。作為記憶的蹤跡不是純粹闢徑，能夠隨時再被當作單純在場。蹤跡是不同路徑之間那種不可捕捉的無形差異。……心理生活是不同的力在施行中出現的差異。」（同上）「闢徑」代表衝破的力，並開拓出一個間隙。從這個動作裡，可以清楚看

見它是由差異而來，然後再差異化的動作。沒有路徑之間的差異就沒有闢徑，闢徑是衝破原本路徑而發生的抵抗，並帶有暴力的特質。對於德希達來說，闢徑與書寫的關聯並不限於佛洛伊德或者精神分析的脈絡中。在《論文字學》（*Of Grammatology*）的〈文字的暴力：從李維史陀到盧梭〉一章，德希達同樣以闢徑解釋書寫的暴力，他說：「書寫是路徑與差異的可能性，是書寫的歷史與路徑的歷史，是斷裂與闢徑……要說路徑圖的可能性不正也就是朝向書寫的通道，是難以想像的。」（107－08）闢徑的比喻再次用以說明書寫本身帶有的暴力特質，書寫本身就是一種不斷闢徑、抵抗差異且產生差異的動作，佛洛伊德的早期作品以「闢徑」類比記憶形成的過程，這是一種平面空間的理解方式。後期撰寫的短文〈神奇書寫板筆記〉，則援用更為繁複的書寫比喻——書寫板。「書寫板」是帶有深度的三維空間的理解方式，用來解釋記憶的形成是分層化（stratification）[18]，每一個表層都裹覆著其他表層。在闢徑和書寫板兩個書寫隱喻之間，尚有《夢的解析》中的「象形文字」（hieroglyphy）作為橋樑。夢具有特異的時間性，並非單純只是擾亂線性時間，也不是否定時間

---

18　德希達寫道：「請留意神奇書寫板的深度同時也是沒有底限的深度，是一種無限的反射，同時又是一種絕對表面的外在性：每個層面的分化與自身的關係，每一個層面的內部，都不過是包裹著另一個同樣被裸露出來的表層。」（*WD* 224）

的存在，而是「不一樣的結構，一種不同的時間分層化」（*WD* 219）。若要將夢的時間與書寫聯繫起來，必得提出不同於表音文字的書寫，因為表音文字的根基便是線性的時間邏輯。德希達認為象形文字更加符合夢裡出現的多種模式以及符號的功能。象形文字的特點是「每個符號……都可以在不同的層次、不同構造與功能中被使用，這些構造與功能是由……差異的遊弄（play）而來」（*WD* 220）。佛洛伊德使用象形文字作為夢中的書寫隱喻以展演「書寫的場景（scene）」，更確切地說，是書寫的「演出」（mise-en-scene）。夢的內容是濃縮且錯置的，不會如人們記憶的內容再現出來，因此象形文字在釋夢的脈絡中，並不是用以展現一幅幅靜止不動的圖畫，而是「動態的演出」[19]。

在德希達最後分析的書寫隱喻「書寫板」，闡明佛洛伊德如何把知覺機制與記憶的起源結合在同一個隱喻中，也就是前文所述的「分層化」。每個表層各司其職，最上面的表層接受刺激與印象，並可以無限重寫，但不能永遠保存蹤跡；下層則有保留記憶的功能，記憶是倖存下來的蹤跡。「書寫替補了知覺，甚至在知覺向自身顯現之前（在知覺意識到自身之前）。記憶或書寫開啟了知覺出現的過程。」（*WD* 224）簡言

---

19　強生（Christopher Johnson）在其專書《德希達哲學中的系統與翻譯》中指出：「德希達對佛洛伊德的閱讀中最根本之處並非書寫的靜態場景，而是書寫的動態演出：〈佛洛伊德與書寫的場景「演出」〉。」（91）

之，在知覺出現之前，更深層的記憶已在運作。而這種時間差（先是記憶，然後是知覺的出現）則變成以空間的深度來比喻，因這種空間化的時間性「不僅是平面上的符號鏈的間斷，而是一種書寫，這種書寫是不同心理層次的中斷與復原，是心理作用本身帶有高度異質性的時間織理。我們在那種時間性裡找不到線的連續性也找不到量的同質性，唯有某種場景與間隔的綿延與縱深，兩者都是差異化的」（WD 225）。上述引文解釋了德希達所謂時間的空間化，也解釋了記憶的特異時間性為何不能以線性的時間來理解，而必須考量記憶形成類似書寫板的原理，有不同層次的心理機制在作用。知覺的運作並非每次都是單純的第一次刺激，而是總是已經帶有記憶的印跡牽涉其中。蹤跡不是「後於」知覺形成的，線性時間的連續性不適於解釋蹤跡、知覺、記憶的作用，因而突顯出空間面向的重要性。

在仔細檢視德希達論書寫與差異的空間面向後，至少有兩個要點對於思考翻譯的空間轉向有重大啟發：第一，以水平角度來說，書寫是在平面上的闢徑，既是對於差異的暴力抵抗，又是差異化的動作。第二，以垂直角度來說，書寫是在層層疊疊的表面印下蹤跡，每一個表面都內括（implicate）、裹覆（envelop）著別的表面，每個表面互為替補，因此每次書寫的起源從來不是由無生有的絕對起點，而是總是已經帶有複雜的蹤跡。前者是畛域的劃分，影響地理分布（geography）。後者是無數表面的堆疊，關係著地形成型

（topography）。關徑是對於翻譯行動的適切比喻，不只是由於翻譯無可避免地是書寫活動。翻譯確實體現了以一個語言在表達另一個語言時發生的抵抗與掙扎。但翻譯中的抵抗並非人為的抵抗（例如：譯者因其自身的宗教、政治立場等因素而產生的抗拒心理），而是因不同語言之間的差異與扞格而產生的語言本身的抗拒。每一次翻譯都是關徑，語言之間的疆界會因翻譯活動的進行而發生變化。倘若將不同語言的分布方式以地圖思考，隨著翻譯活動的進行，語言的地理分布也會隨之不斷更動。另一方面，若以深度的角度思考，隨著翻譯活動在某個平面上進行，會有某些書寫下來的內容逐漸銘記（inscribe）為深沉的蹤跡，成為翻譯進行時看似自然形成或不言可喻的規範（norm）。但我們應避免將翻譯的規範定義為自然而然或不言可喻的，這種說法只能將約定俗成之事歸諸神祕，甚至進而將神祕的起源視為神聖。如同書寫一般，翻譯從來不是由無生有的，翻譯從根本上來說就是關係性的行動，它不可能單一純粹，翻譯總是牽涉兩個（或者更多）語言。

## 文化的差異與空間

在更晚近的關於語言的政治性的討論裡，我認為「關徑」以另一種方式被表達出來：劃分邊界（bordering），這牽引出翻譯研究的空間轉向的另一個面向，也就是文化研究的部

分。直接以「邊界」為探討主題的酒井直樹，在其論文〈翻譯與邊界形象：將翻譯理解為社會行動〉[20]中，對於人們將語言視作完整統一體（unity）的思考盲點提出強而有力的批判與反省。這篇論文在首段就以劃分邊界的問題開始，酒井強調，問題並不在於「邊界」（作為一個名詞、一個事實的陳述），問題在於「劃分邊界」（作為一個動詞、一個差異化的動作）。如果邊界（border）如今看來已經是個關於疆界、分類、區別等老掉牙的問題，那麼劃分邊界就要求我們不只注意到已經存在的疆界，更應關切疆界的劃分動作。酒井認為劃分邊界的問題和翻譯都隸屬於同一個理論視角（Sakai 25）。基本上，翻譯總是與語言的差異有關，翻譯將兩個語言之間的差異實質化。以具體的例子來說，當語言學家雅克博森（Roman Jakobson）提出語言內（intralingual）、跨語際（interlingual）、跨符際（intersemiotic）的翻譯模型時，就已預先假設某一個語言本身是完整的統一體，有了這個預設我們才能判別何者是屬於語言的、何者是語言之外的；何者是某個特定語言的，何者是其他的語言。這種區分語言的方式，是否和古典意義下的種類、屬性等分類方式如出一轍？或者更根本地來說，當人們將語言視為一個統一體的時候，是否已經預設了語言是「超歷史」的統一體，也就是說，語言之

---

20　本論文出版於2010年，請參見 Sakai, Naoki. "Translation and the Figure of Border: Toward the Apprehension of Translation as a Social Action"。

間的差異是本質性的，各個語言不曾、往後也不會經過歷史變化，彷彿語言是不可能改變的（Sakai 26）？是否要先有這個預設，語言之中／間（difference in and of language）的差異才得以判別？我們可進而質疑，翻譯是否也必須奠基於這個預設？在這個脈絡下，翻譯的運作以及語言作為超歷史的統一體，這兩個預設相輔相成、互為條件，翻譯是在已被劃分好的語言之間的疆界轉載訊息，這是傳統上對於翻譯的理解。然而，酒井指出，國家語言並不是超歷史的統一體，而是經歷了漫長的歷史建構以及社會轉型的過程，牽涉在其中的翻譯的政治社會特質應該受到關注，因為檢視翻譯的政治面向就等同細察該國家語言的空間分布關係（cartography）以及社會關係。酒井的洞見是指出國家語言並非是與歷史建構以及社會行動無關的統一體，但「翻譯本身卻預設了語言是個統一體，倘若一個語言不是外在於另一個語言，翻譯就不可能---就彷彿語言原本就像蘋果一樣可被計算。這些對於翻譯的比喻用法正顯出要把翻譯發生的場所理解為連接或接合兩個語言，兩個空間範圍，是一件多麼困難的事。」（33）

雖然關懷的議題以及切入的角度與酒井並不相同，但後殖民理論家明紐羅從邊緣的角度處理地緣政治（geopolitics），並據以提出的「邊界思維」（border thinking），與差異與空間的概念極為相關。貫穿明紐羅主要著作的中心思想，基本上可說是對於現代／殖民世界體系（modern／colonial world system）的批判。其代表作《在地歷史／全球謀劃》（*Local*

*Histories / Gobal Designs*）[21]裡一再強調的邊界思維，是一個從邊陲的視角來辨別殖民差異（colonial difference）的必要策略。地緣政治的主要觀點是帝國擴張時期的殖民歷史，在地理空間上將現代世界劃分成某個樣貌。基於此點，明紐羅認為這種操作不只是行政治理而已，更是從一種認識論的觀點進行的政治性操作。換言之，原本是屬於歐洲這個地區的地方性知識卻被投射成全球性的。明紐羅的「邊界思維」呼籲人們應有所警覺，任何思想都有其思考所根據的地理歷史位置。思考總是無可避免地包括「從哪裡想」（thinking from）這個問題，也就是作者所謂的「知識論上的必然差異」（epistemic irreducible difference）。歐洲哲學的普世性（universality）顯然是作者主要的批判對象，因其忽略了思維本身的歷史與地理面向。對於歐洲哲學的批判需要另一種思維方式（an other thinking），這種思維與歷史進程本身的多樣性並行。邊界思維，顧名思義，就是站在邊界角度的思維方式。如果現代／殖民世界體系將世界依二分法劃分，那麼邊界思維「以自身是二分法的方式毀壞二分法」，是一種「從二分法概念的角度來思索，卻非用二分法來佈置世界」，是「在現代世界體系的內與外的這個邊界上」的思維方式（*LG* 85）[22]。因此它並不只

---

21　以下簡稱為 *LG*。

22　值得一提的是麥克森與薛紹（Scott Michaelsen and Scott Cutler Shershow）對於明紐羅的二分法論證邏輯提出的批評，他們的批評指出差異概念

是現代世界體系的對立面而已，而是與那些現代性的內部批判有所聯繫，卻絕不等同的一種雙重批判（double critique）。

《在地歷史／全球謀劃》一書中論證的邊界思維相當複雜，作者並佐以大量拉丁美洲的實例，在華勒斯坦（Immanuel Wallerstein）提出世界體系架構下，一步步揭示出邊界思維的

可能存在的問題，值得深究。他們認為，邊界思維來自於二分法的假設，在這個思維中，必須先有兩個迥然不同的語言、思考方式等等，其中一方受到殖民主義的壓制，另外，明紐羅也宣稱他提出的思維並非黑格爾式的辯證法。他們批評，這種二分法讓明紐羅似乎是全然外於西方哲學傳統以批判西方。但是「想像全然非黑格爾式的差異，即是想像一種不在任何關係中的差異，即是想像一個由類似（萊布尼茲式的）單子的文化所建構的世界，這個世界的狀態就只是差異本身。……明紐羅假定了一種二分法，在這種二分法裡，兩方在歷史中面對面，**卻沒有關係**。」（49－50，粗體為原文斜體標示）二分法在解構論述之後似乎已經窮途末路，這使得任何使用二分法的論述都顯得危險。我無意在此判斷上述批評以及明紐羅的論述孰是孰非，重點在於，在這個全球化時代的當下，恐怕誰也無法回溯到一個未受西方知識論影響並仍保有所謂的固有文化的時代，因此不存在西方與非西方迥然不同的兩方。在現今的脈絡下，以空間思索的二分法應該是接近薩伊德所說的「我們」與「他們」的區分（「我們」與「他們」指的是誰，都是隨時重新定義的），是內與外、納入與排除的區分。因此與其去爭論二分法造成的差異是關係性的差異，還是差異本身，不如去關切劃分邊界所強調的「差異化」動作，一個不斷藉由劃分邊界來區分兩方的動作，又是在這個邊界上（不屬於任何一方）對兩方做的批判。關於邊界思維的批評，請詳見：Michaelsen, Scott, and Scott Cutler Shershow. "Rethinking Border Thinking"。

全貌。基本上，明紐羅對於翻譯的定義在本書脈絡中採取典型的後殖民觀點[23]，本書首章一開始他就聲稱：「翻譯曾經是用來吸收既已建立的殖民差異的特殊工具。」（*LG* 3）翻譯在殖民時期是宗主國用以施行權力、進行改宗（conversion）的重要手段，因而協助鞏固宗主國與殖民地之間的差異。這一點在明紐羅早期的著作《文藝復興的黑暗面》（*The Darker Side of Renaissance*）中表現得更明確，書中鉅細靡遺地敘述西班牙耶穌會教士積極翻譯中南美洲文明的語言文字，並編纂西班牙文文法教本，但無論是將文本翻譯成西班牙文，還是把西班牙文翻譯成其他語言，兩者都是為宗主國服務，兩者都是從宗主國的觀點出發，唯有歐洲的語言以及知識生產才被視作是理性與合法的。明紐羅因而將翻譯認為是邊界思維的反面：翻譯是殖民主義得以施行的媒介，邊界思維則是試圖解消殖民差異。

儘管明紐羅在殖民歷史的脈絡下如此定義翻譯並無不

---

23 不容否認，本文在這裡使用「後殖民」一詞有其爭議之處。作者明紐羅在書中強調他的作品並不等同於後殖民論述，即使關懷的重點都是殖民時期後的反省，但目前學界普遍定義下的後殖民論述基本上皆是以十八世紀後期，十九世紀為主，直至二十世紀初期的帝國主義時期。但他關心的時期是更早的十六、十七世紀殖民時期早期；地理位置也有所區別，他主要處理的是中南美洲的殖民情境。但儘管在時間以及地理區域的劃分上有所區別，對於翻譯做為殖民控制的方式之一的想法卻有相通之處，因此本文仍使用後殖民觀點一詞來表達。

妥，但我認為，就邊界思維做為一種雙重批判這點來說，把翻譯理解為邊界思維可以在某個程度上讓本文一直致力收攏的兩條線索終於匯聚起來，一邊是關於語言哲學，另一邊是文化翻譯。邊界思維的雙重批判的其中一面與歐洲哲學的內部批判有關。所謂內在批判，是指「齊克果、尼采、海德格、馬克思、佛洛伊德、德希達」等歐洲思想家針對西方哲學傳統提出的批判（*LG* 87）。但邊界思維比上述內在批判更有甚者，是從邊陲對歐洲知識論的批判（暫且將之簡稱為外在批判）。作者特別舉德希達的解構為例，德希達的解構「不是一門科學或學科，而是一個批判的位置」（*LG* 325），因此解構作為內在批判是有力且有效的。然而，深陷在西方形上學中的解構卻「需要被去殖民化」（*LG* 324），因其忽略了殖民差異，此乃外在批判的展演。

## 翻譯：邊界劃分、雙重批判

在上述解釋的基礎上，若將翻譯理解為邊界思維，就表示翻譯本身處在一個批判的位置，而且是雙重批判，如此理解才真正掌握了「邊界」的意涵。「邊界」既區分兩方，又不屬於任何一方。然而在這個顯然是解構式的分／享（partager）的概念裡[24]，還應留意區分動作連帶產生的權力關係，因為區

---

24 分／享（partager）是法國哲學家儂希（Jean-Luc Nancy）的知名解構例證，同時也是一個明確的空間概念。事實上，本文致力發展的空間概

分永遠不只是單純地產生差異，區分的同時也決定了一方比另一方優越[25]，就算沒有決定一方比另一方優越，至少也決定了哪些被納入界限內，哪些被排除在外。以翻譯實務為例，被排除在外者便是譯文中顯得格格不入的「異」文，或者被視為「不可譯者」。更精確地來說，這些「異」者，與其說是被排除在外者，不如說是「在邊界上」，這些譯／異文代表的正是一個雙重批判的位置，一方面威脅著崩壞原本和諧順暢的譯入語脈絡，賦予內在批判的可能性。另一方面，「譯／異文」也是判別出兩個語言的差異的具體行動，對於不可譯者，有人將之解釋為譯出語中的用字含義太過豐富，譯入語不足以適切表達其中語言的遊弄或深義。但也有人會在翻譯異詞時，在譯入語中賦予豐富的意涵，並將之解釋為延續、豐富了原文的來生[26]。以上兩種解釋顯現出翻譯不只是一個無

---

念，與儂希提出的「空間化」（espacement）有其相關性。尤其是「劃分界線」作為空間化的動作，符合儂希認為的，在「本體論一旦瓦解後，劃下『空間』的動作或生化過程更為重要」（中譯本《解構共同體》，譯者前言 xi）。然而本文沒有將儂希的論述納入主要文本脈絡，是由於儂希著重的政治空間，與本文關注之翻譯問題的關聯性不似本文提及之其他論著，暫不在此討論。

25　這裡採用了駱里山（Lisa Lowe）在《移民場景：論亞裔美國人的文化政治》（*Immigrant Acts: On Asian American Cultural Politics*）裡的說法。詳見頁 71－72。

26　雖然此處援用的「原文的來生」顯然是班雅明用語，必須澄清的是，認

可避免的區分動作，而且還在區分中決定了譯出語和譯入語哪一方「更能」表達某個「異」文。這個從翻譯出發，也就是在邊界上的思維方式，是從「異」而非「同」的角度批判，不可譯出或不可譯入者，正指出了語言的界限，且可作為崩解語言內部的可能。而這個「異」正因在邊界上，劃分出兩個帶有差異的空間，因此另一個語言外於這個語言。翻譯本身預設且劃分出兩者間的差異，但這正是外在批判的可能性所在。正如同深深箝在歐洲中心的哲學傳統中，是無法看出歐洲語言以及歐洲以外的語言之間還存在差異以及權力關係。明紐羅批評德希達、佛洛伊德等人只著重內在批判，忽略殖民差異。在其論述脈絡中雖有明確的事證，但事實上，無論是德希達還是佛洛伊德都曾在其著作中使用「象形文字」或者「中文」作為另類書寫的例證，難道這不是顯示出從外向內檢視的不可或缺[27]？內與外的差異是由邊界劃分而來。如果翻譯就是劃分邊界的動作，內與外的空間分隔在翻譯行動中逐漸形成。翻譯也同時是實質化語言間差異的動作，語言

為譯文延續且豐富原文只是對班雅明〈譯者的任務〉一文的眾多解釋中的一種（而本文在此的援用是過於簡化的）。關於這種說法最卓越的解釋，可參見德希達的〈巴別塔〉（ "Des Tours de Babel" ）一文，他將翻譯詮釋為生命的延續（ *sur-vive* ）。

27  佛洛伊德在《夢的解析》裡以中文文字隱喻夢中的符號。德希達則是在《論文字學》裡援用大量的中文文字以及象形文字的例證來反語音字母的優先性。

的差異經由翻譯顯現出來，在翻譯中我們得以察覺一個語言與另一個語言的界線。翻譯由差異而來（不同語言間的差異），又產生差異（在語言中進行納入與排除的內／外劃界）。

如果80年代出版的《翻譯中的差異》是受解構論述影響，意圖探討「差異」的建構性的正面功能，如今我們意識到，在當時，受關注的差異概念絕大部分指的是文本「意義與脈絡的同一與差異」（DT 13－14），多數研究皆圍繞著眾多意義並存與詮釋的問題。事隔三十年後，翻譯研究的視角已經不再侷限於語言，文化與政治的面向在翻譯研究的文化轉向後，重要性有增無減。在這個發展過程中，空間的角度也逐漸進入翻譯論述，究其所以，本文提出，「差異」的概念，無論是從語言還是從文化的角度理解，都與空間有緊密的關聯性。空間的本質並不是固定不動的，而是如傅柯所說，空間的概念涉及佈置與權力的施行。本文所論之翻譯的差異與空間，有別於巴巴的第三（混雜）空間。我想特別說明，這並不代表我反駁巴巴的混雜概念。混雜概念在關於移民文化與離散認同等議題有不容否認的解釋力。然而，混雜概念雖強調不同文化與族群之間存在著不可避免的不協調，因此協商是在暴力狀態下的掙扎，是在暴力下的生產性力量，值得注意的是，無論如何協商，無論翻譯如何試圖逾越、褻瀆，無論兩個不同文化的界線如何在翻譯中逐漸模糊以致混雜，我們也還是不應忽略，翻譯在試圖模糊界線的同時也仍在劃分界線，而後者正是我想在混雜的說法後補充的部分。但這

個劃分界線的動作，應以兩個空間角度理解之。以平面思考，翻譯的劃分界線動作不斷重新佈置新的語言、文化、政治圖景；以三維思考，在平面上的每一次書寫都是關徑，都留下印跡，在堆疊的平面中，意義相互內括、裹覆，互為替補。

　　或許在拼貼、混雜、擬象（simulacrum）等帶有後現代特徵的概念之後，談論區分與差異彷彿有些不合時宜。但翻譯究其根本來說，仍是關係性的（relational），沒有任何關係牽涉其中的翻譯是難以想像的。對於任何一名譯者來說，翻譯的過程都包括一連串的決定，決定心目中的對應詞，語言之間的差異就在這一連串的決定中顯現出來。然而這種差異又不應理解為是本質的、不可更動的差異。當翻譯活動介入，不同語言之間的差異也隨著翻譯活動發生變化。翻譯活動一方面對譯入語帶來衝擊，在譯入語語言本身的抗拒中關徑，進而為人們帶來重新檢視語言的內在批判的可能。另一方面，翻譯也突顯出語言之間不共容的部分，因而使我們得以從語言的邊界檢視某一個語言，並且辨識兩者間的權力關係。雖然翻譯的雙重批判還未臻至系統化的分析方法，但從劃分邊界角度理解下的翻譯，卻是全球化時代下值得深思的關鍵動力。

# 班雅明的翻譯與科技論述：從〈論語言本體與人的語言〉談起

邱漢平*

## 摘要

　　班雅明在他早期論翻譯的文章〈論語言本體與人的語言〉裡提到，存在於一切有生命與無生命萬物的心理要素，可以是「科技、藝術、司法或宗教等相關領域傳遞心理內涵的先天傾向」（62）。同一篇文章也引用舊約聖經創世紀亞當為動物命名的典故，亞當注視著上帝帶到他面前的動物，立即用適切的語言說出上帝以「話語」創造的動物，而且是淋漓盡致、完全無遺漏的翻譯。「在上帝扮演創造者的同樣語言裡，人是認知者」（68），上帝的神性與人類的知識在此一命名過程裡完美轉換。如果這種先天傾向屬於某個領域，以班雅明在1930年以後關注焦點明顯轉向科技，或可將此處所提的某個領域直接設定為科技領域。本論文從科技層面聯結班雅明在〈論語言本體〉所呈現的翻譯概念，重點放在翻譯與發掘事物潛在奧祕之可能關聯。凝視與命名在上帝神性及人類知

＊　淡江大學英文學系教授。

識轉換之間所扮演的角色，在人類墮落且情境產生劇烈轉換之後，還能在發掘事物潛在奧祕上發揮甚麼作用？

關鍵詞：班雅明、翻譯、科技、凝視、命名、〈論語言本體與人的語言〉

# Translation, Language and Technology: Walter Benjamin's "On Language as Such and on the Language of Man"

Hanping Chiu *

### Abstract

In his "On Language as Such and on the Language of Man," Walter Benjamin asserts that the mental entity existing in absolutely everything, animate or inanimate, can in translation be transformed into human lin-guistic entity. The mental entity can be "the tendency inherent" in technology "toward the communication of the contents of the mind" (62). The essay cites the biblical story of Adam, immediately after gazing at the animal, naming it in a language fully consistent with the Word used by God to create it. "Man is the knower in the same language in which God is the creator" (68). God's divinity shifts perfectly into human knowledge in naming. This paper studies technology in terms of translation, focusing on its use in unveiling an object's potential secret. Contemplation and naming have vital roles in transforming God's divinity into human knowledge but, after the fall of humankind, what functions do they still have in revealing the secrets hidden in things?

**Keywords**: Walter Benjamin, technology, translation, contemplation, naming

* Professor of Department of English, Tamkang University.

# 一、緣起

在〈論語言本體與人的語言〉（"On Language as Such and on the Language of Man"，以下簡稱〈論語言本體〉）[1]這篇早期論翻譯的文章，班雅明（Walter Benjamin, 1892－1940）提到，萬物皆有的「心理要素」（mental entity）可在翻譯裡轉換成人類的「語言要素」（linguistic being）。班雅明視為存在於一切有生命與無生命萬物的心理要素，他認為可以是「科技、藝術、司法或宗教等相關領域傳遞心理內涵的先天傾向」[2]。同一篇文章也引用舊約聖經創世紀亞當為動物命名的典故，為心理要素與語言要素之間的聯結作進一步註解。亞當注視著上帝帶到他面前的動物，立即在命名時用適切的語言說出上帝以「話語」（Word）創造的動物，而且是淋漓盡致、完全無遺漏的翻譯。「在上帝扮演創造者的同樣語言裡，人是認知者」（68），上帝的神性與人類的知識在此一命名過程裡完美轉換。如把這兩段引文合在一起解讀，萬物皆有的心理要

---

1 這篇文章於1916年完稿，在班雅明有生之年未曾出版。班雅明撰寫該篇文章時，仍是慕尼黑大學的大學生，尚未赴瑞士伯恩深造。就跟1918年撰寫〈論未來哲學的方案〉（"On the Program of the Coming Philosophy"）一樣，文章原沒打算出版。

2 本篇文章之引文，均由本文作者由英文或德文直接譯為中文。此處引文之出處為 *Benjamin Selected* vol. 1 62。文章裡有關〈論語言本體〉之引文，此後都只在括弧裡標上頁碼，不再顯示其出處為 *Benjamin Selected* vol. 1。

素，其根源即為上帝的話語，展現或隱含某種先天傾向，而班雅明心目中的翻譯極致，即為凝視後立即以適切語言將其完全說出來。如果這種先天傾向屬於某個領域[3]，以班雅明在1930年以後關注焦點明顯轉向科技，或可將此處所提的某個領域直接設定為科技領域。想像一下尚未墮落的亞當，略加凝視即道出物的全部奧祕。對照科技發現過程之漫長艱辛，且科技本質之更迭變換不斷，班雅明心目中的理想翻譯模式，竟然是一下子即掌握凝視對象之究竟本質，並以適切語言不多不少恰如其分表達出來，神奇之處讓人讚嘆不已。

〈論語言本體〉裡的翻譯模式，牽涉到幾個層次的問題。首先是引用舊約聖經的典故探討上帝神性與人類知識的轉換，把宗教的、神祕的面向，帶進原已被限縮到主體與客體之間僅感官可及的經驗範疇。其次，語言不再是表情達意的工具，而是一切存在與知識的終極基礎，是一切創造與思維的媒介。第三，是凝視與命名在上帝神性及人類知識轉換之間扮演的角色，除了都涉及語言要素外，凝視還包括對排列的影像（image）或符號之瞬間解讀。班雅明在1920年代中、晚期起撰寫的系列文章，以及他一生的代表作《拱廊街計畫》

---

3　班雅明在此列舉的領域包括科技、藝術、司法與宗教，顯然無意細分領域之別與先天傾向有何關聯。因此，如欲仿照德勒茲（Gilles Deleuze）與瓜達里（Felix Guattari）在《何謂哲學？》（*What Is Philosophy?*）裡，以因應混沌的手法不同，來處理領域之間的差異，顯然已無必要。

（*The Arcades Project*），在展現對科技高度興趣的背後，透露出他強烈關切新符號、新影像所諭示的可能發展。

本論文從科技層面聯結班雅明在〈論語言本體〉所呈現的翻譯概念，重點放在翻譯與發掘事物潛在奧祕之可能關聯。論文主要研究視野，除扣緊前述幾點觀察外，也受到班雅明在1918年2月28日寫給布洛赫（Ernst Bloch）一封信內容的影響，信中表示，「有關知識、司法與藝術之本質的一切問題」，都與「在語言本質裡人類一切思想言論的起源問題」（*Correspondence* 108）相關。換句話說，語言是一切知識的媒介，人類一切思維、創造與發明的源頭，都必須在語言裡探其究竟。

## 二、問題及背景

〈論語言本體〉脫稿自班雅明於1916年11月撰寫的十八頁長信，回覆同為猶太裔好友修倫（Gershom Scholem）有關數學與語言提問的信函（*Correspondence* 81）。班雅明接著以一週時間將其改寫為〈論語言本體〉，並在稍後的信中告訴修倫，他依據信中內容改寫的這篇文章，更能表達他的想法。班雅明還告訴修倫，這是一篇仍在進行中的文章。就像班雅明許多未完成的文章，這一篇終其一生未曾完篇。雖然如此，自此之後，語言問題始終是班雅明著作的核心議題，且為他一系列文章最尖端的話題，包括〈譯者之天職〉（"The

Task of the Translator"）與位居《德國哀劇之起源》（*The Origin of German Tragic Drama*）4篇首的〈知識論批評緒言〉（"Epistemo-Critical Prologue"）等。「在當今，這篇論語言而首度於1955年刊登的1916年文章，已具經典地位：作為傳統主題的原創性綜合，它在主導二十世紀思想的語言問題上提出根本的視角。」（Eiland and Jennings 87）這段引自剛於2014年出版的《班雅明評傳》（*Walter Benjamin: A Critical Life*）的話，在班雅明兩篇論翻譯的文章中，可說已開始翻轉〈論語言本體〉長期來遭到忽視的趨勢。

〈論語言本體〉受到關注的程度，顯然遠遜於〈譯者之天職〉。數十年來，〈譯者之天職〉成為許多翻譯研究最重要的推手，外界認知的班雅明翻譯理論大都以這篇文章為基礎。德曼（Paul de Man）曾表示，「在翻譯這一行，除非對這篇文章(〈譯者之天職〉)有一些見解發表，否則算不上名家」（73）。艾蜜莉・愛普特（Emily Apter）在《翻譯區塊：一種新的比較文學》（*The Translation Zone: A New Comparative Literature*）書裡提到，德希達（Jacques Derrida）、德曼、芭芭拉・江森（Barbara Johnson）、路易斯（Philip Lewis）、韋柏（Samuel Weber）與嘉雅翠・史匹瓦克（Gayatri Chakravorty

---

4　《德國哀劇之起源》是班雅明完成的唯一完整書籍。為了申請在大學任教的資格，他於1925年將該著作提交法蘭克福大學審查，結果並沒通過，使他一輩子無法在大學任教。

Spivak）等人，都推崇班雅明的〈譯者之天職〉，表示曾受其啟發（6）。除愛普特提到的這幾位，白朗秀（Maurice Blanchot）也有專文回應〈譯者之天職〉。巴巴（Homi Bhabha）翻轉班雅明在〈譯者之天職〉裡所提只有原文可以翻譯的觀點，認為譯文也可以翻譯。在一篇解讀班雅明翻譯理論的文章〈巴別塔〉（"Des Tours de Babel"），德希達捨〈論語言本體〉而選〈譯者之天職〉，因他認為「該篇文章過於神祕費解，它內涵豐富，且由許多因素決定」，雖然後一篇對他依然困難，「但一致性明顯且更緊繞著主題」（175）。長期以來，因為〈譯者之天職〉幾乎壟斷學界對班雅明翻譯理論之研究，以致所謂的班雅明翻譯理論幾乎就只反映〈譯者之天職〉的論點。即使納入一些〈論語言本體〉的觀點，大多淪為〈譯者之天職〉的註解，少見從〈論語言本體〉提出獨特論述。

本文選擇〈論語言本體〉為主要研究素材，而非較受矚目的〈譯者之天職〉，固然是因前者在班雅明兩篇研究翻譯的文章中明顯遭到忽視，希望藉此扭轉學界之關注焦點。更加重要的，是〈論語言本體〉其實與班雅明若干文章相互串聯，在研究翻譯與發掘事物潛在奧祕之可能關聯上，構成關鍵的理論框架。這些文章之所以重要，在於〈論語言本體〉所揭櫫的翻譯之極致，即墮落前的亞當在凝視後立即以適切語言分毫不差且毫無遺落的說出來，在人類已不再擁有亞當之神奇凝視、命名能力，且目前的環境已遠非伊甸園裡神的蹤跡與語言到處可及，亟待相關文章之詮釋與補充。在這篇文章

裡，我將探討〈論語言本體〉在相關文章之詮釋與視野擴展後，其翻譯概念如何用於發掘新科技之潛在奧祕。雖然重視相關文章賦予新視野之功，但重點仍在〈論語言本體〉所具有的原創性觀點對這些文章的活化之功。

　　班雅明有關科技的論述，最重要的〈科技複製時代的藝術品〉("The Work of Art in the Age of Technological Reproducibility: Second Version.")外，還有《拱廊街計畫》。〈科技複製時代的藝術品〉提到攝影機的發明發現了光學潛意識（optical unconscious），電影拍攝採分段攝製，再根據新規則把片段整合起來，且電影讓觀影者分心。在《拱廊街計畫》裡，新科技以夢境模式呈現。「在個人與世代生命裡，甦醒是個逐漸的過程。睡眠是其初期階段。一代人的青年經驗，與夢的經驗頗多雷同，其歷史輪廓是夢的輪廓。每個時代都有一邊朝向夢，孩童的一邊。對前一個世紀，這一點很清楚展現在拱廊街。」（K1, 1）[5]拱廊街是鋼鐵與玻璃首次用於建築所開啟的商場新空間，對資本主義商品消費、城市化、社會與文化產生極為深遠的影響，但在初期這一切都不明顯。1932年2月在柏林電台（Berliner Rundfunk）播出的1879年年底蘇格蘭〈泰河河口鐵道災難事件〉("The Railway Disaster at the Firth of Tay")

---

5　《拱廊街計畫》由一則一則的隨筆或引言累積而成，每則隨筆或引言結尾處，都有一個由大寫字母及數字組成的編目。本文在引用時會附上原編目，不用頁碼。

講稿，班雅明細數鋼鐵用於鋪設火車軌道，蓋世界博覽會會館及拱廊街的建材，乃至艾菲爾鐵塔在巴黎初落成時的境遇，說明在新科技發明之初，基本上連發明者「都不知道他們在做些甚麼，甚至對他們的成果會有何作用毫無概念。」（*Benjamin Selected* vol.2 563）這兩個例子顯示，新科技或新材質可能帶來何種影響，並非在初始階段即可一目了然，而是要歷經逐漸甦醒，才能脫離夢境。〈科技複製時代的藝術品〉提到電影讓觀影者分心，與〈論語言本體〉裡最核心的凝視概念恰好相左，可供探索翻譯並藉此理解科技奧祕如何被發覺。

　　在〈論語言本體〉裡，亞當凝視後立即在命名時用適切的語言說出上帝以「話語」創造的動物，而且是淋漓盡致完全的翻譯。上帝的神性與人類的知識，在此命名過程完美轉換。對照前述緩慢甦醒才脫離夢境的例子，亞當在凝視後立即完美命名的翻譯典範，似乎神奇得不切實際，分心或可說明兩種情境之差異。不過，「立即」乃是班雅明理論的核心，即使是緩慢甦醒的朦朧狀態，仍會在條件完備時瞬間豁然開朗。班雅明在柏林電台的講稿，可為此論點作一例證。他說，在泰河河口鐵道災難事件發生後十年，為巴黎萬國博覽會而建的艾菲爾鐵塔，當時尚想不出任何實際用途。直到無線電報術發明後，龐然大物的艾菲爾鐵塔方才一下子找到它的意義，成為巴黎無線電波發送站（*Benjamin Selected* vol.2 567）。在〈論普魯斯特的影像〉（"On the Image of Proust"），

普魯斯特（Marcel Proust）在喝茶與吃餅的瞬間勾起兒時有關坎布雷（Combray）小鎮的記憶，相關的經驗立即完全呈現。〈論語言本體〉對立即的強調，與語言是媒介而非工具有關。不假思索立即反映，語言即為媒介。但一經拖延即落入判斷的窠臼，而導致齊克果（Soren Kierkegaard）所說的「喋喋不休」（prattle），這時語言就會成為工具而非媒介。

解讀亞當凝視後立即用適切語言命名，此一淋漓盡致的完美翻譯，可說得力於亞當墮落前仍在伊甸園的理想情境。〈論語言本體〉裡引用與康德同時代的哈曼（Johann Georg Hamann, 1730－1788）的話說：「初始時，人聽到的一切，眼睛所見，雙手觸摸到的，都是活生生的話語，因為上帝就是話語。由於口中與心中都是話語，語言的起源就像孩童遊戲般自然、接近與容易。」（70）這段引言指出，伊甸園裡到處都是活生生的話語，口中與心中都是話語。人的心理內涵與表達的語言，很自然地趨於一致。但墮落後，人不僅被逐出伊甸園，名字的永恆純潔也遭到破壞，在語言方面造成三點影響：

離開較純潔的名字語言，人把語言變成工具（也就是一種與他不搭配的知識），也因此部分成為符號；後面這一點導致語言的多樣性。第二點意義是，墮落造成名字的立即性遭到破壞，取而代之的新立即性是判斷的戲法（magic），不再欣然安於自身。或可暫時大膽解讀的第三點意義是，也是語言

精神之支撐的抽象化，其源頭可從墮落找尋。(71－72)

　　墮落後，語言變成工具或符號，命名被判斷所取代，強調類似與一致的抽象原則取代具體的媒介，這三點對語言的影響，導致亞當凝視後立即用適切語言命名這類完美翻譯，變得難上加難，即使不是完全不可能。在探討翻譯與發掘事物潛在奧祕之關聯時，焦點會放在完美翻譯不再後，何種因素能啟動類似亞當凝視、命名的啟迪／翻譯之旅？在這方面，〈論語言本體〉與相關文章之間的相互發明之功，或重新詮釋、互相印證，就顯得特別重要。

## 三、〈論語言本體〉的翻譯觀

　　在這一節裡，我要從三個面向檢視〈論語言本體〉。其一是宗教與神祕層面相對於僅重感官可及的經驗範疇，其在現代性當道的時代有何意義。第二，語言是一切存在與知識的終極基礎，是一切創造與思維的媒介，不再僅是表情達意的工具。第三，凝視與命名在上帝神性及人類知識轉換之間的角色，與發掘事物潛在奧祕之關聯。從這幾個面向解讀這篇文章，旨在找尋解讀班雅明有關科技論述的途徑，希望藉著較為系統的分析，把翻譯推向科技領域的研究。

　　有關科技乃是語言的論點，班雅明在〈論語言本體〉裡先是提到，「人內心生活的各種表達都可理解為一種語言」（62）。接著從萬物都具有心理內涵，而其心理內涵的表達也

是語言，推論包括科技語言在內的各類語言之存在：

音樂語言與雕刻語言，與德語或英語法律詞彙沒甚麼直接關聯的司法語言，非關技術人員專門語言的科技語言，這些都有可能。這類情境下的語言，指的是相關領域傳遞心理內涵的先天傾向，如科技、藝術、司法或宗教。簡言之，**心理內涵的一切傳遞都是語言**，以文字傳遞的僅是人類語言的特例……。（粗體係後加 62）

根據此一觀點，語言普遍存在於宇宙萬物，並非人類所獨有，而且也非必然是文字，或以某種語言之特殊詞彙表達。因此，司法語言可以與某種語言之法律詞彙無關，科技語言可以無涉技術人員專門語言。這些論點都指向一種不同於我們所習知的語言，班雅明甚至表示：「我們無法想像有任何東西完全無語言。」（62）但語言所傳遞的是甚麼呢？班雅明認為，「它傳遞與它一致的心理內涵。」（62）換句話說，「能夠傳遞的心理內涵，必須與語言要素一模一樣。」（62）這一點清楚顯示，科技語言所傳遞的是與語言要素完全一致的心理內涵，與語言要素有出入的部分自然無法傳遞。心理內涵在語言裡自我傳遞，而非透過語言傳遞，語言因而沒有也無需說話者。班雅明以燈為例，指出燈的語言傳遞的不是燈，而是燈的語言，「在傳遞裡的燈，在表達裡的燈。因為在語言裡，情境是如此：萬物的語言要素是它們的語言。」（63）換

個說法，科技語言所傳遞或表達的科技特質，必須與其語言要素完全一致。在亞當未吃禁果之前，並不存在未傳遞或未表達的問題，否則也不會有所謂的完全翻譯。因心理內涵與語言要素一致而自然湧現的啟示（revelation），也排除無法傳遞的問題。不過，在人類墮落之後，未傳遞或未表達就成為必須嚴肅以對的議題。其次，語言能傳遞的心理要素，必須與語言要素一致；當心理要素與語言要素完全一致，語言就不是工具而是媒介。從這些我們可以推論：在傳遞或表達科技特質時，科技語言必須是媒介而非工具。透過媒介，班雅明找到聯結萬物的途徑，上帝也在此聯結中展現其終極地位。班雅明陳述中隱含的科技語言必須是媒介，可見他不是從工具性、實證的或重訊息傳達的人類語言面向看待科技。

由媒介而非工具，推論到語言所傳遞的是與其一致的心理內涵，而非語言內容。「**沒有語言內容這回事；語言傳遞時，傳遞的是心理內涵，**本身可以傳遞的部分。語言之間的差異是媒介的密度差異，緩緩地。」（粗體係原有 66）「緩緩地」指的是密度逐漸由低而高，而非驟然升降。班雅明還表示，「當語言如不同密度的媒介聯結在一起，可譯性就告確立。翻譯透過連續的轉換，從一種語言移到另一種語言。翻譯經過連續的轉換，不是一致與類似的抽象區域。」（70）這段話顯示，班雅明把翻譯界定為不同密度的媒介之轉換，而非以語意的一致與類似這類抽象概念為基礎。這種觀點明顯推翻傳統上有關翻譯的定義，將其轉為從較低密度的媒介轉

換為較高密度的媒介。這就是班雅明所說的,「翻譯如要達到其完全的意義,就要實現每種高一等的語言(上帝的話語除外)都能視為低一等語言的翻譯。」(69－70)翻譯把低一等的語言提升為高一等語言,獲提升的不僅是物不完美的語言由無聲、非名字轉為有聲及名字語言,知識也在這過程中被帶進來,逐步累積。在由物的語言轉為人的語言的翻譯過程中,人獲得知識的成長機會,這是極為重要的一點。班雅明還指出知識累積與「終極清晰」的關係。在命名語言裡,整個自然界從最低等的存有到人類,再從人類到上帝,都能在語言之中毫無障礙地流通,「所有高一等的語言都是低一等語言的翻譯,直到上帝的話在終極清晰中展現,將這整個語言之流動統一起來。」(74)這段引言提到以上帝的話為核心,將整個自然界及人類的語言統整起來,重要的是「上帝的話在終極清晰中展現」。從媒介的密度差異,班雅明找到把萬物聯結起來的途徑。詹寧斯(Michael W. Jennings)在《辨證影像:班雅明的文學批評理論》(*Dialectical Images: Walter Benjamin's Theory of Literary Criticism*)裡,稱〈論語言本體〉是「班雅明的核心神學論述,企圖在語言裡發現『萬物的跨越因果聯繫』及他們的『根基在上帝』」(94)。稱這是「班雅明的核心神學論述」,顯然因為這篇文章跨出語言僅存在於人類的傳統論點,擴及於有生命與無生命的萬物,乃至於一切的學門、領域,而上帝正是這一切推論的核心基礎。在〈論語言本體〉裡班雅明認為,上帝的創造性話語使得這一切成為可能:

人向上帝傳遞自己是透過名字，他把名字給予自然界和他的同類（專屬名字）；給予自然界的名字，是根據他接到它的傳遞，因為整個自然界也充滿一種沒名字、沒說出的語言，這是上帝創造性話語的殘餘，保留在人裡面的上帝創造性話語，則為有辨識力的名字（the cognizing name），在他之上的為隨時等候對他的裁判。（74）

上帝的創造性話語，在翻譯過程扮演關鍵角色，不僅成為自然界有生命與無生命萬物的先天傾向，向人類傳遞其心理內涵，讓人在凝視時能掌握上帝用於創造的話語。「保留在人裡面的上帝創造性話語」，則具有辨識力，因而能在凝視時立即洞察掌握，並在命名時給予恰如其分的名字。透過人的語言，沒有聲音、沒有名字的物的語言，轉為有聲音的名字語言。在聯結人的語言與物的語言時，上帝的話語在其間屬無可或缺，凝視與命名則在聯結人與物的語言的過程扮演關鍵角色。「凝視與命名的結合，意謂物（動物）的溝通性瘖啞邁向人的文字語言，後者在名字裡接受。」（70）班雅明在〈論語言本體〉裡建構的翻譯理論，環繞著凝視與命名，從這兩個與宗教層面密切關聯的動作鋪陳翻譯的概念。正如較早時所提，由此建立的翻譯模式之極致，是亞當在凝視上帝以話語創造的動物後，立即以完全適切的語言命名，在上帝的神性與人類的知識之間作完美的轉換。

在〈論語言本體〉裡，凝視與命名一再被提及。班雅明

引用德國詩人彌勒（Friedrich Müller）的詩〈亞當初醒轉，初始安詳夜〉（"Adams erstes Erwachen und erste selige Nächte"）的詩句，描述上帝要亞當為祂創造的萬物命名時說：「泥造的人靠過來，凝視會更完美，透過話語更完美。」（70）這些詩句具體而微道出班雅明翻譯理論的幾個重要面向：透過凝視使這個泥造的人變得更完美，透過命名使物的語言獲得提升。我們就從名字開始，一一檢視。班雅明從舊約聖經創世紀的觀點，界定名字或命名在語言領域的角色：

> 名字在語言領域的唯一目標與無以倫比的要義，是其乃語言的最核心性質。透過名字自身且在其裡面，語言絕對自我傳遞。在名字裡，自我傳遞的心理內涵是語言。每當心理內涵的傳遞是語言自身的絕對整體，唯有該處是名字，唯有名字在該處。名字是人類語言的遺緒（heritage），因此保證**語言本體**（language as such）是人類的心理內涵；且僅因此理由，人類的心理內涵，在所有心理內涵裡唯一毫無殘餘地傳遞。人類語言與物的語言之差異就建立在這一點上。但因為人的心理內涵是語言本身，他無法藉著語言而是在語言裡傳遞自己。（粗體為原文斜體標示，65）

引文把名字視為「語言的最核心性質」，因此，在名字裡且透過名字，語言能夠絕對自我傳遞；唯有在名字裡，人類心理內涵所傳遞的，是「語言自身的絕對整體」，毫無遺漏。

只有人類的語言是名字語言，因此其他所有心理內涵在傳遞時都會遺漏。班雅明在文章裡還提到，「人類心理內涵為語言，這個密集總體語言，其精髓為名字」，人是命名者，透過他，說出的是純粹語言（65）。自然界的全體，在自我傳遞時總是以語言表達，且最終向人類傳遞其語言要素。人類是自然界之首，可以給予萬物名字。「唯有透過物的語言要素，他才能超越自己，在名字裡認識它們。」（65）經由自然界萬物向人類傳遞其與語言要素相等的心理內涵，人類獲得知識，因而得以超越自己的處境。但在傳遞心理內涵時，人類是唯一不會有任何遺漏者，其他都無法在傳遞時毫無殘餘。放在探索科技本質的奧祕上，如何才能克服物的語言在傳遞心理內涵時無法避免的遺漏呢？班雅明提到，在把動物的心理要素譯成人類的語言要素，「不僅是瘖啞譯為有聲，也是沒名字譯為有名字。因此，是把不完美的語言譯為較完美的語言，且無法避免增加一些，亦即增加知識。」（70）翻譯在此被界定為朝著更加完美的方向邁進，但整個過程如何落實？沒聲音、沒名字如何經由翻譯而成有聲音、有名字？「語言的基本法則出現在名字裡，根據這項法則，表達自我與朝其他一切發言，是同一回事。語言與在其中的心理內涵，只有在以名字發言之處，也就是普遍命名，才能發為純粹語言。因此，名字不僅是語言的密集總體，絕對可傳遞的心理內涵，而且也是語言的廣泛總體，普遍傳遞（命名）的要素。」（65－66）這段引言指向人類名字語言所獨有的普遍性與密集性，

密集性使其能絕對且完全傳遞自我之心理內涵，普遍性使其能普遍接收萬物之心理內涵而為其命名。在此過程中，人從物獲得知識。

探索科技奧祕如何被發掘，與人從物獲得知識關係密切，因此不能捨棄此一路徑而不由。物的無名字與瘖啞語言轉為人的名字與有聲語言，班雅明強調必須在名字裡完成，不僅因為人類名字語言所獨有的普遍性與密集性，而且也因為名字在語言裡的獨特位階：介於有限的人類語言與無限的上帝話語之中介角色。「上帝話語的最深層影像，人類語言最為密切參與純粹語言神聖無限性的點，無法變為有限文字與知識的點，是人類名字。名字的理論是有限與無限語言之邊界的理論。」（69）此段引文在點出名字位處有限語言與無限語言之界線前，提到名字的幾個特質，包括其具有純粹語言（pure language）的無限性，無法限縮為有限文字與知識，且為最接近上帝話語的影像。值得特別注意的是影像。一方面，透過翻譯，也就是促使媒介之密度逐漸增高，「上帝的話語在終極清晰中展現」（74）。但另一方面，名字語言與上帝的話語有著無法消除的差距，因此「名字與話語的距離，較諸知識與創造之間隔不會更接近」（68）。即使理想的翻譯是每種高一等的語言都能視為低一等語言的翻譯，但上帝的話語除外（69-70）。也就是說，即使是名字語言，也無法進一步提升為上帝的話語。縱使名字語言也是純粹語言，但「名字裡的上帝話語沒維持創造性，一部分成為接受性，即使是對語

言的接受性」（69）。雖然名字語言不具上帝話語之創造性，但「名字是人與上帝創造性話語之交流」（69），而「全部人類語言只是名字裡話語的反映」（68）。

　　名字的中介位置，不僅顯現在人類語言與上帝話語之間，也因名字亦為純粹語言，而在人類語言與物的語言之間開拓出新的聯結。名字裡的上帝話語雖無創造性，但部分成為對語言的接受性，「如此孕育旨在產出物的語言本身，接著悄無聲息地在自然界的瘖啞戲法裡，上帝的話語從其中閃現出來」（69）。名字的接受性，讓物的瘖啞、無名字語言得以與人的有聲與名字語言融合，轉而以純粹語言出現。在這過程裡，凝視與命名扮演關鍵角色。正如早先所提，保留在人裡面的上帝話語，具有辨識力，而保留在物裡面的上帝話語，會向人的文字語言傳遞。凝視與命名的結合，使人的文字語言能在名字裡接受物的瘖啞語言，因而在凝視時立即洞察掌握，並在命名時給予恰如其分的名字。上述引文提到的「自然界的瘖啞戲法」，戲法指的是立即反應。在凝視時，物的心理內涵傳遞可以語言表達的部分，名字裡上帝話語所具有的接受性，將其接收、融合，「上帝的話語從其中閃現出來」。凝視迅即掌握閃現的上帝話語，也就是在名字裡得到物的知識，並立即給予恰如其分的名字。

　　在凝視與命名裡，影像與媒介都居關鍵地位。自然而立即的反應，而非思索判斷後的結果，使語言成為媒介而非工具。立即反應促使語言要素與心理要素一致，這也是語言何

以成為媒介的一大因素。影像的重要性，不僅因為名字是最接近上帝話語的影像，且所有人類的語言都是名字語言的反映。我們也可以在「上帝的話語在終極清晰中展現」（74），看到媒介與影像的結合：媒介，因為當語言是媒介而非工具時，萬物、人及上帝就聯結在一起；影像，因為上帝的話語是在終極清晰中展現，視覺影像濃厚。但要數箇中典範，恐怕非亞當凝視動物後立即以適切語言命名這一幕莫屬。上帝逐一給每隻動物訊號，動物隨即走到亞當之前等候命名。「以幾乎令人肅然起敬的方式，瘖啞創造物與上帝構成的語言群體，因此在符號影像裡傳達。」（70）除上帝的訊號與動物呼應的動作構成這幅符號影像外，亞當凝視動物而參透牠們實係上帝以話語創造，歷歷在目地展示另一幅影像。動物在亞當面前先以影像出現，接著在凝視後透露其內裡實為上帝話語。在影像與話語之間，亞當係經由聚精會神的注視，參透兩者的關聯。班雅明在提到凝視時，總強調其與命名之相互依存關係，「凝視與命名的結合，意謂物（動物）的傳遞性瘖啞朝著人的文字語言放送，文字語言在名字裡接收」（70），並未專就凝視如何單獨發揮功用多置一詞。即使在上帝的神性與人類的知識完美轉換這個翻譯典範裡，「在上帝扮演創造者的同樣語言裡，人是認知者」（68），都可看出凝視與命名的緊密結合。當考慮凝視的議題時，因此就不能不把與命名關係密切的語言及宗教、神祕層面納進來。

由此進一步延伸，面對眼前的科技新象，不論是出自凝

視或分心的眼神，在探索科技奧祕時，不能忽略語言與宗教、神祕層面，即使整體翻譯情境已非人類墮落前的理想狀態。人類偷吃禁果墮落後，命名語言遭到斲傷，結果是伊甸園的單一語言分化為眾多語言。隨著語言混雜而來的，是齊克果所說的喋喋不休。原先在命名語言裡自然而立即的反應，也因需判斷而拖延不決，這時語言是工具而非媒介。因此而對翻譯產生的影響，是原先在樂園時完全無遺漏的完美翻譯，「在上帝扮演創造者的同樣語言裡，人是認知者」（68），也因語言非媒介，而無法完美轉換上帝的神聖創造為人類的知識。在語言混雜之後，「所有知識再度在眾多語言裡無限地歧異分化」（71）。禁果所帶來的是善與惡的知識，是「非名字的」（71）。放棄名字後，知識來自外面，隨著人墮落而出現的人類語言，傳遞的是自身之外的知識，抽象知識因而迸現。羅克立茲（Rainer Rochlitz）在《藝術除魅：論班雅明的哲學》（*The Disenchantment of Art: The Philosophy of Walter Benjamin*）裡宣稱，人類墮落後導致「名字分裂為影像與抽象意義」（47）。人一旦斲傷了名字的純粹性，就逐漸脫離對物的凝視，物的語言原先透過此一管道進入人的名字語言。物糾結成一團之處，符號必然隨之陷於混亂，夾雜其中的是影像。「語言受困於喋喋不休，其幾乎無可避免的結局，是物陷於愚蠢會緊隨而來。」（72）觀察語言分化所帶來的混雜，乃至喋喋不休的現象，這些對凝視無可避免的影響，以及知識外在化而導致的抽象化，因此衍生如盧卡契（Georg Lukacs）

在《歷史與階級意識》（*History and Class Consciousness*）所說的合理化潮流，洵至宗教與神祕層面遭到忽略。這些糾纏一起的因素，提醒我們面對眼前的科技新象時，不能單從理性的角度切入。一切莫不在語言的範疇裡，更加重要的，為避免陷於非名字的種種弊害，宗教與神祕層面絕對必要。

## 四、班雅明相關著作的闡發

尋找解讀科技奧祕之道，〈論語言本體〉的確提出許多極具啟發性的論點，但仍有一些有待闡明之處。在這一節裡，我要藉助幾篇密切相關的文章，闡明前節晦澀之處。

這些提供關鍵線索的文章，包括1915年撰寫的〈學生的生命〉（"The Life of Students"），這是他第一篇刊出的文章，內容根據他當選柏林自由學生會會長後於1914年5月與6月對會員發表的兩場演講整理而成，連同1912年寫的〈有關當代宗教性的對話〉（"Dialogue on the Religiosity of the Present"），清楚呈現他當時的思想脈絡，也具體而微標示他未來的走向。綜合這兩篇文章的微言大義，大致可用一句話概括：「把精神注入需要」（Benjamin, "Dialogue" 78）。在科技當道，理性與實用聲浪席捲一切之際，班雅明認為，宗教的、神祕的、形而上的層面，不能因此排除在經驗及知識之外。他在〈有關當代宗教性的對話〉裡說，「宗教情懷植基於整體時間裡，知識是其中一部分」（78）。在無盡的時間長河裡，人類的歷

史極為短暫。正如他在〈歷史哲學論文〉（"Theses on the Philosophy of History"）裡引用現代生物學家的話說，「相較於地球上有機生命的歷史，人類短短的五萬年相當於一天二十四小時結束前的兩秒鐘。如按照這個比率，已開化的人類歷史只佔最後一小時最後一秒的五分之一。」（XVIII）根據此觀點，整體時間有太多不在人類文明史之內。以含納一小部分人類文明史的全部時間為範疇，很容易因未知的比率太大而起謙沖敬畏的宗教情懷，此種情境下出現的知識，也會瀰漫著濃厚的神祕色彩。在〈學生的生命〉文裡，班雅明也提到從實證面描述細節的侷限性，並說明何以唯形而上結構才能恰如其分掌握「學生與大學的當代歷史意義與他們現在的存在形式」（197），而不致被學校教育即職業訓練的論點所蒙蔽。

對宗教的、神祕的與形而上的層面之排拒，見諸西方自啟蒙運動以來的主流哲學，其弊病班雅明論述甚多。他在1918年撰寫的〈論未來哲學的方案〉（"On the Program of the Coming Philosophy"），承認科學對他心目中理想的未來哲學之功用，但堅決主張形而上層面的重要性。班雅明對康德的哲學雖然極為傾心，但對他把感官無法觸及的「物自身」（thing in itself）從人類經驗的範疇移除，列為無法察知的領域，一直深不以為然。在〈論未來哲學的方案〉裡，班雅明指出康德的主要問題出在兩方面：「首先，康德的知識觀繫於某些主體們與客體們的關係或主體與客體的關係；其次，知識與經驗

跟人類實證認知的關係。」（103）第一點與第二點如影隨形，緊密相隨。當主體與客體的接觸成為知識的源頭，人類的實證認知很自然的變成知識與經驗的決定因素。康德視為純粹理性的科學，順理成章成為最高主導原則。儘管他反對把物自身從人類經驗的範疇移除，班雅明並不否定科學在哲學裡的重要性。「正如康德理論本身為了發現它的原則，需要迎向科學以找到可以定義它們的參考指標，現代哲學也需要這個。」（107）但在強調科學重要性之際，班雅明仍不忘提醒把經驗單方面盯住科技之弊，並提出康德同時代思想家哈曼的語言觀，以匡正經驗無法涵蓋形而上之弊病。「僅單向沿著數學與力學方位定義的經驗概念，如要有重大轉變與匡正，唯有把知識與語言連結，這是哈曼在康德有生之年嘗試的作法。」（107－08）康德過度沉迷於哲學的確定性與先驗性，認為可以跟數學相較而毫不遜色，以致於忽略「所有哲學知識的獨特表達在語言，而不在於公式或數字」（108）。班雅明認為，從知識的語言層面思索所獲得的知識概念，將創造一個可以涵蓋宗教層面的經驗概念，打破經驗僅限於感官可及的範疇。史泰納（Uwe Steiner）評論說，班雅明的立場，是在康德已建立的知識與經驗的關係上，「加以擴展，以便從知識論角度找到也包括『宗教經驗』的形而上經驗概念」（38）。

在〈論未來哲學的方案〉裡，班雅明引述哈曼的觀點，指出語言與宗教或形而上層面的可能連結。但語言如何能打破實證層面的限制而讓經驗伸展到感官無法觸及的範圍呢？

這篇不論在時間或內容均直接延續〈論語言本體〉的文章，其有關哈曼觀點的引述，可與該文對這位曾反駁康德論點的哲學家的申論一起解讀。哈曼在〈有關理性純粹性的後設批判〉（"Metacritique concerning the Purism of Reason"）裡，提出兩點見解批駁康德的論點。哈曼不僅堅稱語言「是唯一的首要與終極研究原則與理性準則」（208），也反對康德企圖「使理性獨立於所依存的傳統、風俗與信仰」（207）。換句話說，哈曼認為理性不能脫離其所依存的媒介或所處的情境而獨立出來；因此，語言不是思想表達的工具，而是形塑思維的媒介，是理性的終極準則。從〈論語言本體〉，我們可以看到班雅明對哈曼這兩項觀點善加利用，對他的翻譯概念啟發甚大。〈論語言本體〉裡有幾處直接引用哈曼的句子。「語言，理性與天啟之母，它的全部。」（67）這句引言清楚表達，語言絕非思想或理性的工具，而是理性藉由產生與啟迪得以閃現的媒介，其脈絡直接與前述哈曼反駁康德論點的談話搭上線。根據哈曼的觀點，不論是理性或知識，都無法自外於語言之外，都需要以語言為媒介，為孕育的母體。班雅明在〈論語言本體〉裡再度引用哈曼的話指出，人類還沒被趕出伊甸園時，語言自然地存在於日常生活的一切，人可以活生生感覺其存在。哈曼說：「初始時，人聽到的一切，眼睛所見，雙手觸摸到的，都是活生生的話語，因為上帝就是話語。由於口中與心中都是話語，語言的起源就像孩童遊戲般自然、接近與容易。」（70）這段引言除有別於視語言為表達工具的論

點外，也從孩童遊戲的悠遊自在來描述語言的起源。

在進一步申論語言與兒童遊戲的關聯之前，我要探討放在1928年出版的《德國哀劇之起源》（*The Origin of German Tragic Drama*）篇首的〈知識論批評緒言〉（"Epistemo-Critical Prologue"）。班雅明在一封信中，稱這篇引言是〈論語言本體〉「一種第二階段」（*Correspondence* 261）。這句話把兩者的關係連結起來，但也帶出可能的差異，不同階段的視野差異。如果〈論未來哲學的方案〉以康德為主要對話對象，〈知識論批評緒言〉則緊盯著柏拉圖的理念（idea）。不同的是，前者批評康德未把形而上與宗教面向納入經驗範疇，但後者則把再現理念（representation of ideas）視為哲學的任務。如果〈論未來哲學的方案〉之於〈論語言本體〉的關聯在於對宗教與形而上層面的關注，〈知識論批評緒言〉跟〈論語言本體〉又形成何種關係呢？〈知識論批評緒言〉如此描述理念、真理（truth）與知識的關係：「在再現理念翩翩起舞中羽化降臨的真理，竭盡一切不讓納入知識領域。」（29）不同於再現（representation）傳統上的定義，班雅明視其為「離題」（digression）：「永不止息地，思考過程重新開始，迂迴地回到起始的物體。這種陸續停頓喘息，是最適合於凝視過程的模式，因為在檢視單一物體時，透過對不同層次意義的探索，獲得重新開始的動機與不規則韻律的理由。」（29）如此定義再現，難怪班雅明會把再現理念的成功與否，取決於「所含的可能極端案例幾乎全都探索完畢」（47）。這段有關離題的

描述，從不同層次、不同路徑，周而復始地探索同一物體，且明白指出這是「最適合於凝視過程的模式」。相較之下，〈論語言本體〉並未對凝視多加解釋，僅以「啟示」說明立即而自然的揭露。先不說此種觀點涉及的理論差異，在名字語言敗壞之後，班雅明前後對凝視所持的不同觀點，在探討科技議題時的確值得深思。

在〈論語言本體〉裡，亞當凝視後立即以適切語言為動物命名，比較接近班雅明在1919年完成的博士論文〈德國浪漫主義的批評概念〉（ "The Concept of Criticism in German Romanticism" ）裡的批評概念，跟〈知識論批評緒言〉突顯的單子（monad）概念反而比較有距離：「理念（idea）是單子」（47）。班雅明從德國浪漫主義演繹出的批評概念，建立在反思（reflection）的基礎上，藉著對藝術品的實驗，喚醒藝術品的自知與自省，並在批評中無限制地強化此知覺。因此，「批評是種媒介，在其中，個別藝術品的局限性巧妙地指向藝術的無限性，最終轉換為那種無限性」（152）。這段引言讓人想起〈論語言本體〉裡語言是媒介，而翻譯則為不同密度的媒介聯結在一起，整個自然界從最低等的存有到人類，再從人類到上帝，都能在語言之中毫無障礙地流通，「直到上帝的話在終極清晰中展現」（74）。此處的翻譯概念比較接近早期德國浪漫主義的批評概念，都強調無限性在最終的展現。相較於批評讓個別藝術品得以從有限性轉為無限性，在個別藝術品窺見藝術的全部，單子無窗所透露的是內部與外面的隔

絕。雖然理論上每個單子都可映照一切，卻只一部分清晰，其餘大多呈現朦朧狀態。兩者的差異不僅顯現在前述有關凝視的界定上，也展示在終極清晰與否上。在〈知識論批評緒言〉裡，知識與真理分屬不同範疇，也可視為單子無窗概念的延伸。由理念構成的真理，「竭盡一切不讓納入知識領域」（29）。換一種說法，「理念之於客體（object）有如星座之於星星」（34）。正如從單一星球看不出所屬的星座為何，理念既非現象推衍的概念或法則，也無助於現象的相關知識。即使如此，理念即單子的最重要意義，是「每個理念包含世界的影像（the image of the world）。再現理念的目的，至少是這個世界影像的簡略輪廓」（48）。如果轉換到科技發現的情境，簡略的影像輪廓是否預示著嶄新局面的到來？在下一節，我們將重拾此一議題。

　　同在1933年撰寫的〈相似原則〉（"Doctrine of the Similar"）與〈論模仿能力〉（"On the Mimetic Faculty"），可視為班雅明事隔多年後對〈論語言本體〉語言觀的省思。在柏林完成的〈相似原則〉，以及流亡西班牙外島伊比薩（Ibiza）時寫成的〈論模仿功能〉，都從太初人類善於模仿的角度，闡釋〈論語言本體〉裡亞當凝視動物後立即以適切語言命名的事例。〈論語言本體〉引用與康德同時代的哈曼的話說：「初始時，人聽到的一切，眼睛所見，雙手觸摸到的，都是活生生的話語，因為上帝就是話語。由於口中與心中都是話語，語言的起源就像孩童遊戲般自然、接近與容易。」（70）這段

話顯然試圖從「語言的起源就像孩童遊戲般自然、接近與容易」，解釋亞當何以能在凝視動物後立即理解上帝以何話語創造，並以完全吻合的話語命名。〈相似原則〉與〈論模仿能力〉雖然沒直接從此面向切入完美翻譯的議題，卻從人類在事物間看到相似性的天賦，追溯到遠古人類模仿周遭景物的強烈慾望且舉止帶著模仿性。這兩篇文章指出，當時善於模仿周遭景物與看到相似性的能力，即使現已大為降低，但書寫語言與手稿裡仍存在著「非感官相似性」(nonsensuous similarity) 資料庫。不同語言裡意義相同的字所形成的以表意為核心的組合，其書寫與意義之間的連結，口頭與意義之間的連結，乃至書寫與口頭之間的連結，都有賴非感官相似性才得以建立，因為我們早已失去說出星座與人類具相似性的辨識力 (*Benjamin Selected* vol.2 696－97)。散布在書寫語言與手稿的非感官相似性，從班雅明的角度，正好說明，「自亙古以來，模仿能力對語言有一些影響」(696)。我們在閱讀〈論語言本體〉時，對翻譯何以能將萬物、人與上帝串連起來，可能仍存在一些疑惑。非感官相似性提供的說明，對消除這些疑慮幫助很大。

## 五、科技：形而上與語言

從1920年代中、晚期開始，班雅明開始熱切關注隨著新科技而崛起的各類現代媒體。這些包括對人類感受模式（mode

of perception）產生重大變化且對其有潛在或實質輔助作用的新科技，大眾傳播工具如報紙與電台，與城市商品資本主義相關的新展示科技，以及如印刷、攝影與電影之類的藝術媒體。[6]班雅明對新科技的關注，還包括玻璃與鋼鐵等新建材用於展覽館與拱廊街等建物所帶來的巨大影響。從1927年開始，歷經十三年記錄整理，但最終仍未以完整書籍形式問世的《拱廊街計畫》，對新建材所開拓的新空間，以及由此衍生的文化與社會意涵，無論是研究方法或關注的內容，都展現獨到的眼光。這一系列文章及書籍，在展現對科技高度興趣的背後，透露出班雅明密切注意新符號、新影像所諭示的可能發展。我們可從前面探討的幾個論點，觀察翻譯在發掘事

---

6　在1930年代，班雅明出版一系列有關現代媒體與科技的著作。在1928或1929年撰寫但生前未曾出版的〈卓別林〉（"Chaplin"），1929年2月登在《文學世界》（*Die literarische Welt*）的〈回顧卓別林〉（"Chaplin in Retrospect"），1930年11月刊登在《法蘭克福日報文學版》（*Literaturblatt der Frankfurter Zeitung*）的〈出版業批判〉（"A Critique of the Publishing Industry"），登在1931年9及10月號《文學世界》的〈攝影小史〉（"Little History of Photography"），1931年11月前寫的未成篇文章〈深思收音機〉（"Reflections on Radio"），1932年2月在柏林電台（Berliner Rundfunk）播出的〈泰河河口鐵道災難事件〉（"The Railway Disaster at the Firth of Tay"），1932年5月登在《赫斯國家劇院簡訊》（*Blätter des hessischen Landestheaters*）的〈劇院與收音機〉（"Theater and Radio"），1934年3月刊登於《公共服務》（*Der öffentliche Dienst*）（慕尼黑）的〈報紙〉（"The Newspaper"）等。

物潛在奧祕可能發揮的功能。首先，在現代性當道、理性高張的年代，僅重感官可及的經驗範疇，其不足之處顯然需借重宗教與神祕層面來調理。其次，語言是一切存在與知識的終極基礎，人類一切思維、創造與發明的源頭，都必須在語言本質裡探索其究竟。第三，凝視與命名在上帝神性及人類知識轉換之間所扮演的角色，在人類墮落且情境已產生劇烈轉換之後，還能在發掘事物潛在奧祕上發揮甚麼作用，就成為觀察重點。在解讀新科技相關的符號與影像可能的諭示時，這幾個角度值得借鏡。

先從第一點談起。新科技除對社會、文化、藝術及人類感受模式產生深遠影響外，在現代性強調除魅（disenchantment）的理性框架下，宗教、神祕與形而上的空間遭到大幅壓縮。班雅明針對此議題所寫的書籍或文章，表面上是對新科技的期待，其實是對宗教與神祕面向漸次消失的不捨。在1935年12月底至1936年2月初寫下的未成篇文章〈不同的烏托邦意志〉（"A Different Utopian Will"）提到，「人類的發展分岔得越廣，植基於自然（以及特別是身體）的烏托邦，將更大幅讓步給那些與社會及科技相關的烏托邦。」（*Benjamin Selected* vol.3 134）與此觀念相通且幾乎同時撰寫的〈科技複製時代的藝術品〉指出，「機器複製讓藝術品擺脫宗教儀式的附庸地位」（*Benjamin Selected* vol.3 106），卻也導致「氛圍毀壞」（destruction of aura）。這兩篇文章一方面慶幸新科技帶來改革或革命契機，卻也透露對遠離自然、身體與宗教層面的不

捨。但在不捨之餘，卻也說明科技背後潛藏著這些面向，雖然表面上是一種替代關係。在〈不同的烏托邦意志〉裡，模仿被視為一切藝術活動背後的初始現象，模仿者自己的身體是模仿對象，目標是達到與個體類似（semblance）的效果，可說是模仿自己（*Benjamin Selected* vol.3 134－35）。此一未完篇的文章，除點出在科技介入前，對身體的模仿居藝術活動的主導地位，也提到與身體及有機體相關的第一性，以及與社會及工業相關的第二性，兩者之間常有兼容並行現象，「正如學會抓東西的小孩，伸手抓月亮有如伸手抓球」（135）。伸手抓月亮有如把目標設定在遙不可及的地方，而伸手抓球則指向身邊的事物。兩者的兼容正好說明，即使在科技當道的時代，自然、身體與宗教層面仍應納入思考範疇，不應讓科技獨攬一切。

　　班雅明在〈科技複製時代的藝術品〉裡提出第一科技與第二科技的概念，申論宗教與神祕層面在科技議題的重要性。第一科技指的是機器時代之前，甚至回溯到史前，依附在儀式裡的科技。文章裡提到，史前藝術為配合魔法儀典會使用某些固定符號，有些符號可能包括魔法的實際操作，有些詳示執行魔法的程序，另有些則提供符號作為魔法凝視的標的。「這些符號以人和他們的環境為標的，其描繪方式所遵循的社會需求，出自科技完全與儀式結合的社會。」（*Benjamin Selected* vol.3 107）這種社會的科技，也就是第一科技，完全依附在儀式裡，相較於機器時代的第二科技，明顯缺乏獨立性

與也沒有尖端技術。但發展程度的差異，卻在兩者間產生奇妙的變化：

前者對人作最大程度的利用，而後者則減到最低點。第一科技的最大成就可說是人類祭品（human sacrifice），而第二科技則為無人駕駛的遙控飛機。第一科技的成果永遠有效（它處理的是無可補救的疏忽或獻祭死亡，一次執行就永遠有效）。第二科技完全是暫時性（其運作方式是實驗與不斷變異的測試程序）。第二科技的源頭，就在人類無意識的圖謀中首次開始疏遠大自然之際。（107）

著眼點的不同，顯現在科技本質的差異上，隱約透露班雅明翻譯理論的脈絡。以人為標的的第一科技，處理的是不容閃失的人類生命，直接以團體裡某些個體的全部，身體與生命，藉由獻祭與形而上的神明聯結起來。這類科技因此強調一擊而中，沒有修補重來的餘地。與此相近的，是亞當注視著上帝帶到面前的動物，立即用適切的語言命名，而且是淋漓盡致、完全無遺漏的翻譯。相較於第一科技突顯的永恆，第二科技「完全是暫時性」（*Benjamin Selected* vol.3 107）。在疏遠大自然之後，人類以不斷變換的測試進行實驗，透過實驗尋求改善。其情況有如伊甸園單一語言分化所帶來的混雜，乃至喋喋不休的現象，必須透過判斷找到合適的翻譯。在〈科技複製時代的藝術品〉裡，班雅明進一步從複製能力

的強弱，申論永恆與暫時之意涵。古希臘複製藝術品的技術，僅只鑄模與壓印兩種，班雅明認為，這種科技水準促使他們製作出具永恆價值的藝術。電影則逢科技複製發達的年代，此一景況使其擁有改善能力，一部剪接完成的電影，因此大異於一舉製成的藝術品。班雅明以卓別林（Charles Chaplin）拍攝《巴黎的女人》（*A Woman of Paris*）為例，從他攝製的十二萬五千公尺底片剪出三千公尺長的電影，說明剪輯者可有龐大空間以自己想要的任何方式剪接組合。「**電影因此是最有改善可能的藝術品，而此種能力就緣自斷然放棄永恆價值。**」（粗體為原文斜體標示，109）希臘藝術在製作時以追求永恆價值為本，但所有藝術的巔峰狀態，其形式即欠缺改善空間。雕塑即為一例，雖然精采絕倫，但每件都是一體成形，沒有精益求精的餘地。班雅明在談到藝術品組合的年代時，斷言雕塑難逃衰落的命運，讓人驚覺〈論語言本體〉裡透過判斷找尋合適翻譯的路徑，是否已完全取代立即用適切語言命名的理想翻譯模式？

不假思索直探事物本質，在機器複製時代，逐漸為逐步改善所取代。不僅如此，由此衍生的距離強遭拉近，一方面固然導致氛圍毀壞（destruction of aura），但也因近距離接觸而產生奇妙效果。在〈論語言本體〉裡，立即反應時語言是媒介而非工具，這時「語言如不同密度的媒介聯結在一起……翻譯透過連續的轉換，從一種語言移到另一種語言」，而非經過「一致與類似的抽象區域」（*Benjamin Selected* vol. 1 70）。換

言之，不同密度媒介的連結，不是詳細比較內容是否一致與類似，彼此因而維持一定程度的距離。《德國哀劇之起源》的篇首〈知識論批評緒言〉，對此有更清楚的闡釋：「正如天體的和諧靠星球運行軌道彼此不接觸，知性世界（mundus intelligibilis）的存在，端賴純粹內在性之間有不可逾越的距離。每個理念（idea）是一個太陽，跟其他理念之連結一如太陽彼此之連結。這類內在性之和諧關係構成真理。」（37）這段引文的重點，是距離不可逾越方可有純粹內在性，在此基礎所建立的和諧關係，方可期待真理之存在。在這裡，氛圍被界定為「空間與時間的奇特組織：一種獨特的距離，不論多麼靠近」（*Benjamin Selected* vol.3 104－05）。藝術品的獨特性，就在於它所處的傳統情境，它所鑲嵌的特殊背景。教堂裡的壁畫，或聖殿裡的音樂演奏，都有一種觀眾或聽眾無法拉近的距離，氛圍因而產生。但「今日大眾對『更靠近』事物的慾望，他們視每件事物如複製品般加以吸納，以壓制其獨特性的同樣熱烈心意」（105）。複製技術圓了大眾的夢想，得以把複製的藝術品擺放任何位置，原先無法隨意調整的距離也可以如願了，但氛圍終告摧毀。

　　氛圍毀壞造成的後續影響，班雅明認為需要如解讀「徵候」（104）般細究其效應。〈科技複製時代的藝術品〉首先從攝影與繪畫之差異，接著從電影與舞台劇之異同，並以外科醫生之於魔術師，剖析氛圍毀壞後所產生的效應。繪畫時畫師與所欲描繪之目標物維持一個自然距離，但攝影師透過特

寫、調整光圈、放大或縮小等各類技巧，可以自在地調整其與目標物之距離，深深滲透進入其肌理。「畫師畫出的是完整影像，而攝影師拍到的是零碎的，其眾多片段可根據新法則組合起來。」（116）這兩種因為能否調整距離而得到的不同影像，在舞台劇與電影也產生類似的效應。舞台劇演員在大批觀眾之前表演，氛圍自然形成，但一舉手一投足，每一句台詞及每個唱腔，都必須一氣呵成，一步到位，不能中斷重來。但電影的拍攝方式則與此大相逕庭，面對的不是隨意聚集的觀眾，而是製片、導演、燈光師與製作團隊等專業人士，沒有舞台上演員與觀眾之間無法縮小的距離，而且隨時有被眼前的導演或其他人打斷的可能，氛圍明顯不存在。更加重要的，是拍攝過程可分段進行，或拍攝幾個版本再行剪輯，也可藉助不會出現在影片裡的儀器，而達成某種特殊效應。班雅明列舉的例子，包括演員的表演分成一系列情節拍攝再組合起來，播出時快速且一致的系列動作其實是分成許多鏡頭拍攝，為製造蒙太奇效應，從窗戶跳下去的動作會被轉換成從鷹架跳下去等高難度動作。「隨著特寫鏡頭，空間擴大了；慢動作使運動展延開來。正如放大不僅讓看不清楚的部分看得清楚，而且讓物質的全新結構浮現出來，慢動作不僅揭露動作的熟悉面向，也掀開其中不知道的層面。」（117）總之，隨著距離可隨意縮短且情境能自由替換，攝影與電影相較於繪畫與舞台劇有著更深入的滲透與描述，也使以往不知道的部分顯現出來。不過，這是正面的發展嗎？

在回答這個問題之前,先檢視一下班雅明描述這兩種不同趨勢所用的兩個隱喻:外科醫生與魔法師。魔法師在為病人治病時,雙手置放其上,與病人保持適當距離;外科醫生則介入病人體內,大力縮短與病人的距離。不同於魔法師的,是外科醫生在關鍵時刻避免與病人正面接觸,卻在手術時滲透進病人體內(115)。外科醫生與魔法師最大的區別,在於前者因深入細節而失去對全貌的觀照,後者則因注意全盤而疏忽了詳情。在〈論語言本體〉遭到貶抑的細節或內容,在〈科技複製時代的藝術品〉裡似乎得到青睞,但真的如此嗎?緊接著這些論述之後,班雅明先是提到,電影科技降低演技的要求,每個人因此都能在電影裡演出,正如裝配線上必須具備描寫工作內容的能力,這種能力因而使每個人都成為廣義的作家。接著他談到電影異於舞台劇之處,在於後者能透過氛圍而聚焦觀眾的目光,而前者讓觀眾分心。字裡行間透露的,雖然不是明顯的嘆息,卻也道出標準往下降低的觀察。當論述法西斯主義主張的政治美學化,而非美學政治化時,班雅明終於直接批判捨棄形而上、宗教與神祕面向的趨勢。政治美學化衍伸出對戰爭的歌頌,純就藝術考量而不顧及對人類的傷害,戰爭場面瑰麗壯觀,可說精采絕倫。法西斯主義的一句話,「讓藝術興盛,世界消逝」,可說道盡其間的反諷。班雅明在引用這句話時,稱法西斯美學理論者馬里內蒂(F. T. Marinetti)期待從戰爭找到滿足科技改變過的感官模式,並說這是為藝術而藝術的極致。緊接著這段評語的

是，「人類曾經在荷馬史詩裡是奧林匹亞眾神凝視的對象，現在成為自己凝視的對象。自我疏離的程度，已到達視自己的毀滅為最高的美學滿足。」（122）班雅明在此表達的觀點，充分反映他在〈論語言本體〉裡所持的立場：不能僅重感官可及的經驗範疇，必需借重宗教與神祕層面來調理。

這些超越感官層面的範疇，恰如本文較早所說的，需要語言作為媒介以搭起其間的聯結。〈科技複製時代的藝術品〉所呈現的氛圍毀壞現象，具見語言不再是媒介後的結果。正如〈論語言本體〉所顯示，語言是一切存在與知識的終極基礎，人類一切思維、創造與發明的源頭，都必須在語言本質裡探索。在此思維下，科技乃是語言，也必須從語言檢視其本質。班雅明在〈論語言本體〉裡提到，當語言是媒介而非工具時，萬物就藉著密度的高低聯結起來，而語言間的可譯性就在此聯結中確立。但〈科技複製時代的藝術品〉告訴我們的，是科技改變了感官模式，也提供所需的技術，製作出符合新感官需求的藝術品，卻因此破壞了語言是媒介所依存的特性。科技創造了可透過實驗尋求改善的空間，卻也壞了原先一氣呵成、一步到位的演出方式。其情況有如人類墮落後，原先在語言裡自然而立即的反應，隨著語言混雜而產生齊克果所說的喋喋不休，因需判斷而拖延不決，這時語言是工具而非媒介。複製技術圓了大眾的夢想，得以把複製的藝術品擺放任何位置，任意調整與藝術品的距離。但逾越距離破壞了純粹內在性所建立的和諧關係，真理因而不存。放在

翻譯的層面，不同密度的媒介所建立的上帝、人與萬物的聯結，也遭到破壞。班雅明心目中理想的翻譯模式，是不同密度的媒介緩緩的轉換，沒有內容介入的空間。但不同密度的媒介所建立的聯結失去效用後，內容轉而成為拙劣翻譯緊抓不放的要素。在〈科技複製時代的藝術品〉裡，攝影與電影相較於繪畫與舞台劇展現更深入的滲透與描述，在科技推波助瀾下，受到關注的是內容而非媒介。建築物的崇拜價值（cult value）為展示價值（exhibition value）所取代，視覺凌駕觸覺之上，充分反映此一趨勢。

　　當展示價值與視覺成分躍居主導地位，我們還能期望從心理要素與語言要素的一致，省思科技、語言與翻譯的問題嗎？〈論語言本體〉提到萬物皆有的心理要素，可以是「科技、藝術、司法或宗教等相關領域傳遞心理內涵的先天傾向」（62），我們前已將某個領域直接設定為科技領域。根據班雅明在這篇文章裡的說法，心理要素可在翻譯裡轉換成人類的語言要素，且其可轉換的部分僅限於與語言要素完全一致。同一篇文章也提到，亞當注視著上帝帶到他面前的動物，立即用適切的語言說出上帝以「話語」創造的動物，而且是完全無遺漏的翻譯。這些段落清楚表達，有一種可稱為科技領域的先天傾向，也可以說是上帝的神性，亞當透過凝視與命名，將其完美地轉換為人類的知識。但這種由科技的先天傾向完美轉換的科技知識，與〈科技複製時代的藝術品〉裡破壞了語言是媒介的科技能夠相容嗎？如果不能，難道僅與完

全依附在儀式裡的所謂第一科技相通嗎？如果僅從這篇文章的論點檢視，答案恐怕真是如此。其立即影響是，如亞當立即且完美轉換的可能性，即使不是不可能，亦將變得渺茫。如果再由科技所造成的如電影觀賞過程觀眾的分心，相對於氛圍毀壞前如繪畫之類在欣賞時所需的專注，加上命名語言遭到破壞後衍生的抽象化與影像的瀰漫，科技本質的發掘變得複雜曲折。不過，進一步檢視班雅明的著作，可以發現並非如此悲觀。

## 六、科技：顯現與揭露

延續前此從三個面向解讀科技與翻譯的路徑，在以前兩種視野分析〈科技複製時代的藝術品〉後，接著我要從發掘事物潛在奧祕的角度研讀《拱廊街計畫》。凝視與命名在轉換上帝神性為人類知識時扮演關鍵角色，但在人類墮落且情境劇烈變動之後，發掘事物潛在奧祕會以何種方式呈現呢？拱廊街最早出現於十九世紀的巴黎，之後擴散至許多歐洲大城市。這種結合最堅硬的鋼鐵和最脆弱的玻璃建造而成的覆頂式市場，是百貨公司的前身。在功能上，拱廊街顛覆重視住居與觸覺的建築傳統，開拓出展覽與視覺導向的建築新觀念。鋼鐵與玻璃如何在追求垂直空間的熱潮裡雀屏中選呢？結合這兩種建材所開拓的明亮高拔空間，爭奇鬥豔的裝飾與琳瑯滿目的商品，行走其間的漫遊者（flaneur）如何翻譯這些

意象／影像，率先掌握新時代的訊息呢？在這一節裡，我將先從普魯斯特這個最早期的漫遊者如何探索奧祕開始，接著從拱廊街思索其所用的鋼鐵與玻璃建材及因此透露的科技本質。

　　普魯斯特所處的正是新舊交替的年代，歐洲封建制度走向窮途末日，新時代悄悄來臨之際。班雅明在〈論普魯斯特的影像〉裡先是詢問：如果人與時代會把最真實的自我向路過的認識者表白，「十九世紀沒把自己的秘密透露給左拉（Emile Zola）或法蘭斯（Anatole France），而是給年輕的普魯斯特，這個沒份量的勢利眼、花花公子跟社交常客，輕易地抓住一個沒落年代吐露的最驚悚秘密。」（*Benjamin Selected* vol.2 240）普魯斯特如何搶在眾人之前，率先參透關鍵訊息呢？引言裡有一段頗引人注目的話：「年輕的普魯斯特，這個沒份量的勢利眼、花花公子跟社交常客。」「年輕的」與「沒份量」隱含著童稚、成長中的意味。「花花公子」跟「社交常客」，指的是封建制度下的貴族階級，遊走拱廊街逛街購物，或頻頻出入貴族階級的宴客場合。「勢利眼」既有階級意涵，也帶著新興資本主義的消費者概念。這個在資本主義社會裡失去經濟優勢的沒落貴族，忙著學習貴族禮儀而沾染貴族僕人的勢利眼作風，而這正是資本主義制度下的消費者心態。當時歐洲封建制度日暮途窮，貴族階級在經濟方面的角色日益式微，但貴族階級光鮮亮麗外表所倚賴的物質基礎遭到掩蓋，時人無法識得歷史動力已悄然更換，仍迷戀著在經濟上

與時代脫節的封建制度。當時一般人深受貴族階級的影響，一如普魯斯特書中的角色，「安土重遷固守家園，視貴族恩寵如太陽，受其一舉一動所影響……無法擺脫命運森林擺放的位置」（242）。在新科技帶動的經濟變動中，大眾陷入懵懂未覺的沉睡狀態。普魯斯特這個花花公子與社交常客，在周遭一片沉睡中，身處貴族階級卻能率先自夢境醒轉，參透劇換時代的機密，何以能夠如此呢？

我們可從《拱廊街計畫》一段有關夢境的描述，思索普魯斯特的人格特質與處境何以有助於他率先參透關鍵訊息。「甦醒是個逐漸的過程，出現在個人生命裡，也出現在世代生命裡。睡眠是它的初始階段。一個世代的青年經驗，與睡夢經驗有許多共通處。它的歷史輪廓是夢的輪廓。每個時代都有如此轉向夢的面向，孩童的面向。」（K1, 1）這段宣示初期狀態如同幻影（phantasmagoria）的段落，意涵十分豐富，值得深入檢視。首先，夢的面向及孩童的面向，可以是相對於成年人經驗的稚嫩無知，也可以是相對於邏輯理性的宗教、形而上與神祕層面。前者排除對初期狀態的謳歌，後者則顯示邏輯與理性的局限性。在《哲學的表現主義：史賓諾莎》（*Expressionism in Philosophy: Spinoza*）裡，德勒茲闡述史賓諾莎《倫理學》（*Ethics*）裡有關孩童的觀點，童年「處於無能與奴隸的狀態，處於愚蠢狀態，在此情況下，我們仰賴外因（external causes）到最高程度，我們必然悲傷大於歡樂；我們從未如此失去我們的行動力。人類的頭一人亞當，相當於人

類的童年」（262－63）。這段引文把童年定位為幼稚、愚蠢、任性，而且不僅個人有童年，群體也有未成熟期。在《拱廊街計畫》裡，班雅明雖然認為個人和集體都有夢的面向，孩童的面向，卻作了區別：「十九世紀是一個空間時間（*Zeitraum*, spacetime；一個睡夢時間，*Zeit-traum*, dreamtime），在這期間，個人意識在反思中越加確定，但集體意識卻陷入更深的睡眠。」（K1, 4）班雅明對童年的觀點，明顯不同於德勒茲與史賓諾莎，但差異處不僅止於個人與集體有別。他認為，童年的任務是「把新世界帶進象徵空間」，並指出小孩可做成年人絕對做不到的：「再度看出新奇之處」（K1a, 3）。對青少年則視為「墮落」為資產階級成年人前的階段，是「未墮落前的年紀」（Salzani 176）。不論是童年或青少年，班雅明都從正面看待，正好說明他何以奉墮落前的亞當為動物命名為理想翻譯的典範，而不是像德勒茲與史賓諾莎把亞當視為「小孩：悲傷、衰弱、受束縛、無知、聽任機遇」（Deleuze, *Expressionism* 263）。

相較於成年人的感受方式，童年充滿新奇感與創新能力，青少年還被視為未墮落前的狀態。把這些面向帶進夢境的解讀，醒來絕非從懵懂到理性認知那麼單純的過程，而是充滿創造機會。《拱廊街計畫》有一段《追憶逝水年華》關於夢醒的描述：「當我像這樣子醒過來，且我的心掙扎著辨識身在何處卻沒成功，一切事物就在黑暗中繞著我旋轉：東西、地方、年度。」（K8a, 2; Proust 6）相關記憶的片段，在模糊的

意識裡交互串聯影響，創造性就在這個過程裡產生。班雅明在〈論語言本體〉裡視翻譯為一種提升，媒介的密度在翻譯裡逐步提升，知識也隨著帶進來。這種翻譯觀，相當貼近他對甦醒的論述。探討醒來與翻譯的關聯性，自然不能漏掉記憶，根據班雅明，這是普魯斯特能從一個時間過渡到另一個時間的關鍵[7]。〈論普魯斯特的影像〉有關記憶的描述，類似亞當凝視動物後以貼切語言命名的理想翻譯模式，稱「經驗過的事件是有限的」，但「記憶的事件是無限的」（238），在相似原則下，回憶可把經驗過的事件作無限轉換。班雅明舉洗衣槽裡捲曲的長統襪為例，在孩童的想像中是「袋子」與「禮物」，卻也可以迅速轉為「長統襪」。這裡所突顯的，是早期人類看到相似性的旺盛能力，但隨著時代的變遷而大幅衰退，不過孩童仍擁有這種能力，以致在想像裡能隨意翻轉意象。普魯斯特之能率先參透關鍵訊息，「年輕的」與「沒份量」功不可沒，其隱含的童稚特質，或可說明他何以能將「花花公子」跟「社交常客」這類封建制度貴族階級意象，翻轉為「勢利眼」這種帶著新興資本主義色彩的消費者概念，從而窺見在貴族階層遭到掩蓋的經濟面向。

　　除內在的記憶外，班雅明認為外在的老化是普魯斯特轉

---

7　普魯斯特在喝茶與吃餅的瞬間勾起兒時的坎布雷記憶，相關的經驗立即完全呈現。透過在鬆懈、沒警戒性時所形成的非自主性記憶（involuntary memory），時間瞬即從當下轉換到孩童時期。

換時間的另一個關鍵因素。他在〈論普魯斯特的影像〉裡說，普魯斯特所得的洞見是，「我們沒人有時間過我們命中該有的人生真正戲碼。這是造成我們老化之處，是這一點而非其他。我們臉上的皺紋與痕跡，是大激情、缺點與洞見上身時留下的紀錄，但身為主人的我們不在。」（244-45）老化標示著內在與外部之間的乖違，一方面是身體與心理的協調問題，另一方面則為整個時代的問題。《拱廊街計畫》有一段提到：「普魯斯特是個空前的現象，他崛起的世代不僅失去身體與自然對回憶的一切輔助，較以往更加不如的，是僅能以孤立、零散與病態的方式獨自擁有兒時的世界。」（K1, 1）雖然情境正好相反，這一段卻生動地觸及〈論語言本體〉所述太初時期人與神的話語接近，伊甸園常可聽到上帝的聲音，亞當因而能在凝視動物後立即以適切語言命名。有利於直覺掌握語言的環境消失後，凝視與命名跟著退縮隱藏，代之而起的是需要判斷的喋喋不休。同樣地，「失去身體與自然對回憶的一切輔助」，連帶著攸關生命深刻面向的非自主性記憶衰退了，取而代之的是偏重表象與機械反應的自主性記憶。我們臉上的皺紋與痕跡，是人生閱歷留下的紀錄，卻因缺乏環境或其他因素的搭配，臉上的滄桑並沒見證人生的真正戲碼，以致徒有其表而無其實。這部分的老化，在個人與集體意識之分裡可歸為個人意識。普魯斯特由此找到的轉換時間之鑰或甦醒之道，以兒時的坎布雷記憶為例，是茶與餅乾之類與味覺相關的媒介，而且是立即而非緩慢的過程。正如《拱廊

街計畫》所述，從夢中醒來是立即完成，而非逐漸演變或緩慢發展的過程（K1, 3），所改變的並非脫離一種狀態進入另一種狀態，而是把已在其中的挖掘出來，「現在是過去最深層的內在性」（983，註4）。個人意識的甦醒，所依賴的是媒介而非工具，自夢境醒轉的過程迅速立即，且改變的是形式（form）而非內容。〈論語言本體〉所陳述的翻譯概念，在此案例完全實現。

個人意識的甦醒如此，集體意識又如何呢？我們可以從上一段尚未處理的身體與心理協調問題，探討此一議題。《拱廊街計畫》提到十九世紀是一個空間時間，也是睡夢時間，個人意識可自夢境迅速醒來，但集體意識卻陷入更深的睡眠：

正如入睡者——在這方面像瘋子——踏上遍歷自己身體各處的大範圍旅程，他體內的聲響與感覺，如血壓、腸子蠕動、心跳與肌肉觸感，（對清醒且健康的個人，這一切交織成為穩定的健康波動），在睡夢者過度升高的內在意識產生幻覺或夢的影像，翻譯並闡釋這一切。同樣地，睡夢中的群體透過拱廊街與自己的內在溝通。我們必須緊跟在後頭，把十九世紀的流行與廣告、建築與政治，闡釋為它的夢境影像的結果。（K1, 4）

入睡者在此被視為瘋子，異於清醒健康的個人，無法把

體內的聲響與感覺統整為穩定的健康節奏，以致在睡夢中身體的流動會產生夢的影像。瑞士建築評論者紀迪（Sigfried Giedion）曾說，在十九世紀，建築的角色是潛意識。班雅明對此則認為，更好的說法是此乃身體流動的角色，藝術建築圍繞著身體流動，就像夢圍繞著生理流動的框架（K1a, 7）。這個觀點無異重申「睡夢中的群體透過拱廊街與自己的內在溝通」，拱廊街所呈現的「十九世紀流行與廣告、建築與政治」，有如人體生理流動投射的夢境影像。建築與身體的關聯，固然揭露後者透過前者投射夢的影像，但現代性帶來的快速變動，固定居住一處房舍不易，身體與建築的觸覺經驗受到干擾。從《拱廊街計畫》摘錄的弗由特（Louis Veuillot）《巴黎的味道》（*Les Odeurs de Paris*）片段，可看出建築傳統上予人的親密感已遭破壞：「誰住在父祖的家裡？誰在自己受洗的教堂禱告？誰仍認得自己發出第一聲哭啼及目睹最後呼吸的房間？……喔，歡樂之根源已從人類心靈拔除！」（K1a, 1）細數十九世紀資本主義商場文化帶來的影響，不論是因無法把體內流動轉為穩定的健康節奏而產生夢的影像，或因場域頻頻變異而失去歡樂的根源，在在顯示固有的和諧狀態已失衡。新科技的影響，加劇了人心的失落感。「正如科技總以某一新面向洩露大自然的祕密，因此，當其影響人類時，總不斷地改變他們最原始的激情、恐懼與渴望的意象。」（K2a, 1）上帝作為真理的源頭，人與大自然的和諧關係，乃至人與群體之間的緊密關係，在理性邏輯當道的年代，這一切都失去

了。懷著哀悼失落之物的憂鬱情緒（melancholy 或 melancholia），瀰漫整個時代。這種憂鬱情緒如何展現？與建築上迸現的追求垂直空間熱情有無關係或有何關係？

這是個複雜問題。1851年倫敦世博會的會場水晶宮（Crystal Palace），在海德公園段有一些美麗的榆樹，為了保留樹木必須蓋中間懸高的拱型大廳，結合玻璃與鋼鐵的建材正好派上用場。在十九世紀，玻璃結合鋼鐵與其他支撐物，使其得以用於建築，擺脫原先只有小片玻璃的狀態。玻璃加入追逐垂直空間的行列，最早與溫室植栽有關，但最關鍵的是倫敦世界博覽會為避免砍樹必須加高垂直空間的高度。玻璃絕佳的透光性與延展性，使其適於拱型大廳的建築，尤其是植物生長的環境，但也需要鋼鐵等支撐物，才有成為建材所需的堅固性。與玻璃搭配用於建材的鋼鐵，在關鍵特質發現後，從早期的功能性與短暫性轉為形式與穩定，最終朝著改變建築傳統之路邁進。鋼鐵的硬度夠具有絕佳延展性，「鐵的延展性大於石頭四十倍，大於木頭十倍」（Meyer 11; *Arcades* F3, 7），因而能在追求垂直高度的過程發揮作用。石頭拱形結構與木製天花板，用於建造追求垂直空間的建物時，有功能上的局限。「歌德式結構的牆壁需翻過來再跨上天花板，但同類型的鐵製大廳……天花板可以無需中斷，能直接彎曲成為牆。」（Meyer 75; *Arcades* F4a, 1）。艾菲爾鐵塔（Eiffel Tower）的建造，「柔軟的形塑力讓位給巨大架徑的精神能量（a colossal span of spiritual energy），後者以最有效的方式把無機物

的能量導入最小、最有效能的形式，且以最有效的樣貌把這些方式結合起來……在工地上，聽不到鑿子在石頭上鑿出形狀的聲響；在這裡，思想主導肌力」（Arcades F4a, 2）。以鋼鐵作為建材，有利於創造垂直空間，挑高的閒置空間受重視的程度，大於充斥人的水平空間。輕盈的鋼架結構，勾起出現新風格的希望，夾雜著再造哥德式建築風華的企盼。水晶宮必須加高垂直空間的高度，雖然與憂鬱情緒的抒發無關，但其後的一連串發展，卻顯示追求失落之物的憂鬱情緒與資本主義商品展示邏輯巧妙地結合起來。

鋼鐵與玻璃這兩種建材聯手創造了水晶宮與拱廊街，建材與建物之間卻存在著一種真實與幻影的關係。在班雅明論述中，拱廊街與水晶宮都是睡夢中的群體跟自己內在溝通的夢境影像，都被視為幻影，壓抑對真實的認知，生產過程與社會效用都被其掩蓋了。對照拱廊街與水晶宮之為幻影，鋼鐵和玻璃則被認為具真實性，卻很容易為廊柱與垂掛的展示品所掩蓋。鋼鐵建物能以最有效方式，把無機物的能量導入最有效能的形式，且能形隨心轉自然導出所欲的形狀，無需刻意雕琢加工。「作為建材，玻璃消除牆壁的完全阻絕概念，引進空間的新意義。玻璃透明的阻隔性，特別適合以展覽、展示與景觀為重點的資本主義消費文化，對城市裡的遊走觀看產生深遠影響。」（Tseng 6）玻璃賦予牆壁與空間的透明意涵，其於翻譯的意義猶如班雅明推崇的語言為媒介，而非語言轉為工具時的語意。鋼鐵與玻璃搭配，展現簡單俐落特

質，蔚為極簡主義的風潮。「『極簡』的標準從來沒有這麼重要過，這包括量的極簡元素：極少（the little）、極少數（the few）。」（*Arcades* F4a, 2）班雅明對鋼鐵和玻璃之癡迷，有如他對普魯斯特之《追憶逝水年華》的推崇。相較於拱廊街與展覽館如夢幻般的布置與展示，鋼鐵和玻璃比較像《追憶逝水年華》的基本特質，較佳的延展性與較高透光度，用於架設較大垂直空間與適合展覽的建築，與其說是規劃的結果，不如說就像「我們手掌的紋路或花萼雄蕊之排列」（*Benjamin Selected* vol.2 246），其實是事物內在性之具體化，渾然天成。在這裡我們看到亞當為動物命名的例子，在凝視裡掌握上帝創造動物的話語，也就是徹底認知物的自然傾向，接著以不增不減完全相符的語言命名，過程中絕無猶豫、推敲、判斷。鋼鐵與玻璃的特殊材質，使其作為懸高建物的建材時，也具有這種恰恰好的特質。相較於拍攝電影時透過調整鏡頭或從影片剪輯尋求改善，鋼鐵和玻璃的絕佳延展性與透光度，使它們在建造拱廊街與水晶宮時皆能一舉合用。

這兩種建材用於拱廊街與水晶宮的建築，創造既符合現代性消費邏輯的空間，也展現對上帝、形而上與神祕面向的企求。分屬兩種層面的現象，不僅出現在前一段所說的建材為真實而建物為幻影。在挑高天花板覆蓋下的街道，既是外面，也是裡面。借用〈論語言本體〉的觀念表達，理想的翻譯模式是語言為媒介而非工具。從拱廊街與水晶宮陳列的琳瑯滿目商品與各類擺設，要從其幻影參透真實面貌，其情況

有如把語言是工具翻轉為媒介。或許要從〈知識論批評緒言〉
裡有關星座之於星星的觀點，才能充分體會其困難度。這篇
作為《德國哀劇之起源》緒言的文章，視現象、知識與真理
分屬不同範疇，由理念構成的真理，異於客體之處「有如星
座之於星星」（34）。正如從單一星球看不出構成甚麼星座，
理念既非現象推衍的概念或法則，知識也無助於現象轉為理
念，彼此之間無法直接過渡。現象與真理的關係，既如星星
與星座之無法從一方推論另一方，發掘科技奧祕之途必然曲
折。從這個角度切入，比較能理解集體意識的覺醒何以需要
比較長的時間。

　　1932年2月在柏林電台播出的1879年年底蘇格蘭〈泰河河
口鐵道災難事件〉講稿，班雅明細數鋼鐵用於鋪設火車軌
道，蓋世界博覽會會館及拱廊街的建材，乃至艾菲爾鐵塔在
巴黎初落成時的境遇，說明在新科技發明之初，基本上連發
明者「都不知道他們在做些甚麼，甚至對他們的成果會有何
作用毫無概念」（*Benjamin Selected* vol.2 563）。班雅明談到在泰
河河口鐵道災難事件發生後十年，為巴黎萬國博覽會而建的
艾菲爾鐵塔，當時尚想不出任何實際用途。無線電報技術發
明後，龐然大物的艾菲爾鐵塔一下子找到它的意義，成為巴
黎無線電波發送站（567）。鋼鐵與玻璃用作建材，也出現類
似的轉折。《拱廊街計畫》提到鋼鐵初用為建材時，最早只作
短暫用途：覆蓋的市場、火車站、展覽會場。從功能取向與
短暫用途導入經濟活動，再以形式的與穩定的面目出現（F2,

9）。班雅明認為，形式是自然界真正神祕之處，「在形式這個領域裡，所有偉大的斬獲最終都是科技的發現」（2a, 5）。他舉的例子，出自馬克思（Karl Marx）《資本論》卷一（*Capital* vol. 1）：人類發明車輪，能在地面上持續移動，但當時有人能肯定說出，「**是圓形，它是車輪的形式**」（粗體為原文斜體標示，Marx 347n; *Arcades* 2a, 5）嗎？同樣地，用於建材的鋼鐵，也是在關鍵特質發現後，才從功能與短暫性轉為形式與穩定，最終朝著改變建築傳統之路邁進。如果說新材料或新科技的使用猶如夢境的開始，其覺醒往往需要漫長的時間。

## 七、結論

　　本文由〈論語言本體〉抽離出來的翻譯概念，搭配一系列相關聯的文章，並以組合起來的觀念閱讀主要是〈科技複製時代的藝術品〉、〈論普魯斯特的影像〉與《拱廊街計畫》的文本。在〈科技複製時代的藝術品〉裡，科技的發展顯示遠離自然、身體與宗教層面的傾向，也有違〈論語言本體〉所揭櫫的翻譯概念。在解讀複製技術對藝術品的影響時，我們看到電影透過不斷測試實驗尋求改善的動作，而非一舉達到完善的境界。〈論語言本體〉裡立即用適切語言命名的理想翻譯模式，在此已為透過判斷找尋合適翻譯的喋喋不休所取代。複製技術也導致距離強遭拉近，氛圍遭到毀壞。若從翻譯的角度來看，不同密度媒介的連結，不是詳細比較內容是

否一致與類似，彼此因而維持一定程度的距離。《德國哀劇之起源》的篇首〈知識論批評緒言〉強調，距離不可逾越方可有純粹內在性，在此基礎所建立的和諧關係，方可期待真理之存在。〈科技複製時代的藝術品〉所呈現的科技，與〈論語言本體〉所標榜的理想翻譯模式都背道而馳。科技是否都必然如此？在〈不同的烏托邦意志〉裡，班雅明提到模仿，並從此一他視為一切藝術活動的初始現象，推論到一種可能兼容並蓄的理想模式，「正如學會抓東西的小孩，伸手抓月亮有如伸手抓球」（*Benjamin Selected* vol.3 135）。換句話說，從模仿與小孩遊戲的角度，科技無需必然走上遠離自然、身體與宗教層面之路，可以如亞當凝視動物後立即以貼切語言命名，把物的心理內涵（即其先天傾向）透過翻譯轉為人類知識。

普魯斯特在歐洲封建制度走向窮途末日，新時代悄悄來臨之際，輕易抓住一個沒落年代的秘密，驗證人類墮落後，命名語言遭到斲傷，凝視因專注轉為分心而失去原有功能，模仿是傳遞心理內涵的適當途徑。普魯斯特透過記憶呈現他的過往經驗，講究的是相似狀態。班雅明舉洗衣槽裡捲曲的長統襪為例，在孩童的想像中是「袋子」與「禮物」，卻也可以迅速轉為「長統襪」。模仿是在物與物之間看到相似性的能力，而不是斤斤計較彼此內容的異同。不同於透過判斷找尋合適翻譯的喋喋不休，在此我們看到凝視後立即用適切語言命名的理想翻譯模式。但名字語言與凝視均已非人類墮落前的狀態，用班雅明在〈知識論批評緒言〉裡所表達的，現象

與真理的關係，既如星星與星座之無法從一方推論另一方，發掘科技奧祕之途必然曲折。從普魯斯特講究觀察方式，找尋最佳觀察位置，保持最大耐性、最熾熱的好奇心，到玻璃與鋼鐵用於建材所歷經的艱困過程，具見從現象到真理的呈現之遙遠。儘管如此，玻璃與鋼鐵用於博覽會館與拱廊街等建物的建造，讓潛藏的絕佳延展特質有如翻譯般顯現，其過程先是形式的發現與隨後的巧妙運用，有如亞當在凝視裡認清上帝用於創造的話語並以妥適的語言命名。

　　班雅明透過翻譯所呈現的科技特質，如對照海德格（Martin Heideggger）在〈有關科技問題〉（"The Question Concerning Technology"）裡的觀點，可找到一些可相互發明之處。海德格論科技特質雖然沒提到翻譯問題，但從語言的面向探討科技本質揭露的過程。「一切思考途徑，多少可感受到是以一種不尋常的方式穿越語言。」（3）海德格在文章一開始即指出，途徑（way）最為重要，而非例外句子或例外主題之類的枝節問題，因為「途徑是思考的方式（途徑）」（3）。在翻譯本篇文章時，洛維特（William Lovitt）即在譯者註疏中，從海德格意指「內在性」的德文 *Wesen*，導出「持久的存在」（enduring as presence），以呈現其隱含的「某物追逐其路線的途徑，某物在時間之流裡保持原貌」（3）。海德格在語言裡，看到物以持久存在並持續循著既有路線，展現其內在性／本質。在這裡，語言與內在性／本質顯然緊密關聯。相較於海德格的觀點，班雅明提到上帝用以創造萬物的話語與物的自

然傾向之關係，顯然有更大的說服力，因為後者直接把物的本質推到具無限創造力的上帝話語，而非僅從詞彙字根變化找尋可能的線索。在科技本質的論述上，海德格有些觀點隱含著闡發翻譯議題的契機。海德格認為，「科技是一種顯現的模式。在顯現與揭露發生之處，在真理、事實出現的所在，科技展示它的存在。」（13）把科技本質界定為顯現，隱藏的部分被帶出來（bringing forth）成為顯現的部分，而隱藏的部分既是持續，也是存在。這種觀點預設著顯現與隱藏交互出現的模式，直指古希臘的真理（aletheia）概念，也與班雅明有關心理要素必須與語言要素一致才能傳遞的觀點搭上線。古希臘的真理概念，強調揭露與掩蓋交替出現，真理與非真理並無本質上之根本差異，只是互為表裡，隨著顯或隱而展現或隱藏某些面向。班雅明認為萬物都有自我表達的心理要素，但必須與語言要素一致才能傳遞。從〈論語言本體〉裡亞當凝視後立即以毫不遺漏的語言命名，顯示在理想狀態下並無某些面向被隱藏，「上帝的話語在終極清晰中展現」（74）。

這篇文章避開〈譯者之天職〉而不談，只從〈論語言本體〉討論翻譯。除希望翻轉〈論語言本體〉長期來遭到忽視的趨勢，也因為筆者認為〈論語言本體〉植基於早期德國浪漫主義的藝術觀，而〈譯者之天職〉則反映單子論的思維。兩者間的複雜關係與歧異，有待另一篇論文深入探討。儘管如此，從〈論語言本體〉演繹的翻譯概念，已充分展現其解讀科技奧祕的詮釋力與洞察力。

# 對話論與譯者的角色：班雅民〈譯者之職〉再思

劉建基*

## 摘要

　　本論文旨在，（一），從巴赫汀「對話論」中有關讀者與
作者的互動關係探論譯者的角色，並闡明譯者即是讀者／（重
新）書寫者的概念；（二），分析班雅民〈譯者之職〉所隱含
的對話觀，並闡釋其翻譯理論與當代文學／文化理論之關聯
性。


　　關鍵詞：巴赫汀、對話論、班雅民、譯者之職、差異性
重複、《家變》

*　世新大學英語學系教授。

# Dialogism and the Role of the Translator: Walter Benjamin's "The Task of the Translator" Revisited

Chien-Chi Liu *

## Abstract

This paper aims to probe into the role of the translator in terms of the dialogic relationship between the reader and the author as revealed in Mikhail Bakhtin's dialogism, and seeks to elucidate the role of the translator as a reader/ (re)writer. Besides, it attempts to explore the dialogic nature implicit in Walter Benjamin's "The Task of the Translator" and to analyze the relevance of Benjamin's translation theory to contemporary literary/cultural theories.

**Keywords**: Mikhail Bakhtin, dialogism, Walter Benjamin, "The Task of the Translator", repetition with difference, *Family Catastrophe*

\* Professor, Department of English, Shih Hsin University.

1980年代以降，翻譯研究擴及文化研究層面，不再侷限於語言或符碼的轉換層面，而擴及「大眾」對文學作品的理解、接受和詮釋（謝天振 9～10）。在這樣的研究取向中，翻譯被視為兩種文本與文化之間的相互協商、妥協、交流與溝通的角力場域，其過程不僅被視為一種文本「建構」的過程，而且被視為一種「對話」的詮釋過程，其中蘊含了顛覆／包容、解組／重組、解構／重構的力量。本論文擬從上述文化翻譯的角度，將巴赫汀（Mikhail Bakhtin）「對話論」（dialogism）的論述延伸至翻譯的範疇，探論譯者的角色，進而分析班雅民（Walter Benjamin）〈譯者之職〉（"The Task of the Translator"）所隱含的對話觀，並闡釋其翻譯理念與當代文學／文化理論之關聯性。

　　巴赫汀出生於俄國，其文學與文化理論，為人文社會學科各種不同學派所重視，其所提出的「對話論」概念，一直是當代人文與社會學科所關涉的重要議題。馬耀民於〈作者、正文、讀者──巴赫汀《對話論》〉指出：「*在不同的場合中，巴赫汀被結構主義者、後結構主義者、符號學家、民俗學家，以及新馬克思主義者所羅致，成為不同學派的先驅者。但很反諷地，雖然巴赫汀的理論受到不同學派的重視，卻又拒絕被某一學派所壟斷。*」（52）究其原因，是「*因為在長達五十年的學術著作生涯中，巴赫汀處理了哲學、人類學、語言學、文本理論、閱讀理論，以及人文科學的研究方法等課題，而每個課題則是環環相扣，相互說明，形成一個相當複*

雜的理念網路，預示了不少當代文學理論所關懷的課題」（馬耀民 52）。巴赫汀「對話論」的核心要義是反對權威體系，承認差異性與他性（otherness）的存在，強調文化、歷史的多音（many-voicedness）意識，肯定不同的聲音間的交流與對話。在《對話的喧聲》一書中，劉康對於巴赫汀的文化理論提出解釋：「對話（論）是一種建設性、創造性的美學觀和文化觀，其基本前提是承認差異性和他性的歷史事實，以自我與他者的積極對話、交流，來實現主體的建構。」（18）他指出，巴赫汀的語言觀、價值觀和美學觀有其共通之處，三者皆「強調差異的同時共存性、亦此亦彼性，反對文化上的一元權威論和『獨白主義』」（18）。

　　晚近的文化翻譯論述基本上強調文化層面的移轉、翻譯的再製與創新功能、「差異性重複」（repetition with difference）等議題，並且彰顯翻譯過程中的文化「對話潛能」。[1]倘使我們從巴赫汀的「對話論」出發，將其對小說文類的討論延伸、移轉至翻譯的範疇，則不難發現：翻譯所蘊含的對話現象與「對話論」的精神是可以相互映照、參證。巴赫汀在討論讀者與作者的關係時指出，作者的文本是第一主體，而讀者是第

---

1　文化批評家史內宏彼（Mary Snell-Hornby）指出的晚近翻譯理論新趨勢有相近之處：（一）強調文化面向，而非語言層面的移轉；（二）視翻譯為溝通之行為，而非符碼轉換的過程；（三）強調譯本的功能，而非原文的訓令；（四）視文本為世界整體之一部分，而非單獨孤立的語言樣本。（81－82）

二主體；在閱讀過程中，第二主體將第一主體「再製造」（reproduce），建構出一個嶄新的文本（*SG* 104）。從翻譯的角度而言，譯者與原著者之關係亦是如此，作為第二主體的譯文是經過「藝術性的再造」及「再現」的方式，將第一主體的原文「映射」（reflect）或「折射」（refract）以彰顯譯者的文化或「社會／意識型態立場」（Bakhtin, *DI* 300）。譯文一如小說文本，是一種「對話式的文本」（dialogic text）、一種「文化揉雜的創意表現」（Lipsitz 407）。據此，翻譯其實蘊含著譯文對原文的一種「回應式理解」（responsive understanding）（Bakhtin, *DI* 281），其中包含一個「揉雜結構」（hybrid construction）。「從語意與價值觀（semantic and axiological）的層面而言，此種結構揉雜了兩種言語的慣用模式、兩種風格、兩種信念體系。」（Bakhtin, *DI* 330）。質言之，譯文內蘊著一個「揉雜結構」，盤繞著交錯匯流的社會／文化聲音，充斥意識型態立場的對話與喧囂。正如同小說家一樣，譯者以產生「內在對話的」（internally dialogized）言語來「再現已被描述的世界」（already qualified world）（Bakhtin, *DI* 330），因此所「再現」的事物實際上夾雜著「他者」的聲音：「事物業已被其他人的言說盤繞，總是出現在不同的敘述之下，是一個被概念化、被評價過的爭論點，離不開各種社會言語對它的理解。」（*DI* 330）

巴赫汀「對話論」中有關讀者與作者互動關係之論述，可以用來闡釋翻譯過程譯者的角色。巴赫汀指出，「言語是架

於我和別人之間的橋樑，是說話者（addresser）與受話者（addressee）共有領域。」（MPL 36）小說中讀者（受話者）與作者（說話者）所涵納的「回應式理解」與交流互動一直是他關切的重點。「巴赫汀式的讀者」（the Bakhtinian reader）扮演著一個「主動理解」（active understanding）的角色，與具歷史性的言說產生「對話交鋒」（dialogical encounter）（Shepherd 94）。就翻譯而言，譯者就像「積極的讀者」，主動涉入文本，建構意義。譯者與原著者對話的實質結果，借用巴赫汀的話，即是一個嶄新的「框架式文本」（framing text），隱含了代表譯者「自我」的「解說、評價與異議」（SG 104）。「框架式文本」的概念彰顯了譯者即是讀者／（重新）書寫者的概念，並且賦予譯文另一種身分；譯文可以被視為一種再現「他者」與「自我」的「多音文本」（polyphonic text）。誠如單德興所言，「譯者的成品既再現了原作（者），也再現了身為譯者的自己，因此譯者基本的角色既是原作（者）的再現者，也是譯者的自我再現者（self-representer）。」（10）據此，我們便可清楚了解為何晚近翻譯理論特別重視「譯文的多音性」，並且彰顯「譯者／重新書寫者論述（translator's/writer's discourse）中的自我反射要素（self-reflexive elements）」（Godard 92）。

　　班雅民〈譯者之職〉在當代翻譯理論中扮演了重要地位。狄曼（Paul de Man）指出：「那些還沒有對班雅民的〈譯者之職〉一文作出回應或評述的人，在翻譯學門裡只能算是門外漢。」（73）在〈譯者之職〉中，班雅民將翻譯過程比喻為裂

解的瓶罐經過重新拼組之過程。他將原文與譯文視為「純粹語言」（pure language）[2]統構下眾多語系中之一部分：二者不外是「一個更大語言體系之一部分」（*Illuminations* 78）。換言之，原文與譯文是最高語言──「純粹語言」──下的兩種「副本」，與其他「副本」（語系）相互構連，在「意指模式」（modes of inten-tion）（*Illuminations* 74）間維持和諧的「互文」（inter-text）關係及「可譯性」（translatability）空間。莊坤良指出，「班雅民因其對純粹語言的信念，乃認為不論是原文或譯文，二者都是一個更大語言體系之下的碎片。因為原文與譯文的不同只是一種時間先後的歷史關係，非關源頭或權威，相對於純粹語言，二者的地位相近，都是不完全的碎片。」（81）班雅民將原文與譯文比喻為瓶罐裂解後的不同碎片；翻譯即是重整、「接合」（glue）這些碎片，使其「一對一相配」（match one another）（*Illuminations* 78），直指最高語言的本意。易言之，原文不是譯文的源始權威，原文與譯文皆屬「純粹語言」下的「副本」（語系），二者關係不是主從、主僕、或主奴關係，而是巴赫汀式的「互文」對話關係。班雅民「碎片論」的概念一方面凸顯了巴赫汀「對話論」精神──反本

---

2　張錦忠教授在其論文〈言本的傳譯性與譯人的天職〉中，對「純粹語言」提出一個概要性解釋：「打個比方，〔班〕雅民的純粹語言為一重建的巴別塔，雖然各語言社群用語紛呈，但是諸語言間具有傳譯性，我們可以藉由翻譯的救贖行為，找到陳涉的意旨物象，回歸完美的樂園語言。」（143～44）

源、去權威、重他性、容差異、褒互文；另一方面，彰顯了巴赫汀語言觀的核心精神，強調「互文」間「差異的同時共存性、亦此亦彼性」，以及對話關係中所蘊含的重整性與再生力。

從另一角度而言，班雅民「碎片論」凸顯了當代文學／文化批評家對傳統「再現論」的質疑與反思，[3]強調「再現」過程中的「差異性重複」與「同中存異」（difference within sameness）。班雅民認為，譯文是藉「融入」（incorporate）原文的「語意模式」（mode of signification）（*Illuminations* 78）而「建構」出自己的文本，因此原文與譯文「毋須彼此相同」（*Illuminations* 78）。他亦指出，譯本的「不可譯性」（untranslatability）其根源之一在於「附著於其上之意義本是鬆

---

3 後現代主義及後結構主義對於「再現」的重新定義與解釋，提供了「翻譯」理念新的思考向度：「翻譯」就像「再現」一樣，蘊含了「反本源」（de-originating）的潛能，使「原本」（original）與「複本」（copy）看似相同卻有所不同；傳統的「信實」（faithful）翻譯就像「真實」（authentic）再現，本是水中撈月，渺不可及。「翻譯」理念的重探與傳統的「再現」論——尤其是語意的確定性——受到質疑是息息相關。德希達（Jacques Derrida）「視意義（meaning）為『延異』（*différence*），由『延遲』（deferring）與『差異』（difference）所構成的無止盡戲耍。這種論點無異是對傳統的『再現』論做了極為強烈的批判：意義本無所屬場域，它只是一種流動、動力及遊戲罷了」（Thiher 92）。既然語言無法扮演再現「真實」的角色，且語意隨著意符與意指的衍異關係而變動不居，那麼再現原文真貌，完全轉移原著內涵的「翻譯」理念便遭到挑戰。

散、游離」（*Illuminations* 81），因此翻譯可以被視為「對陌生語言的一種暫時性妥協」（*Illuminations* 75）、非永恆性的對等。這種論點不啻是認同「文化的相對性」（cultural relativism），肯定語言、符號之間「缺乏某種程度的對等性」（a certain lack of equivalence）（Hall 61），並且強調翻譯所蘊含的文化差異與對話現象。

「碎片論」有關「原文非關源頭或權威」之概念，可以在後結構主義思想家傅柯（Michel Foucault）身上見到。傅柯認為論域（discursive field）乃是一種「再現」體系，作者僅是一種「功能」（function），無從探究其本源（origin）或本體（ontology）。在〈何為作者？〉（"What is an Author?"）一文中，傅柯將作者視為文本或文化權衡下的一種概括「功能」，不具任何權威，不具文本意義的專利權。依他之見，作者不是提供作品意涵的根源，「作者並不存在於作品之前，作者是一種我們用來在我們的文化中限制、排除及選擇的某種功能性原則（functional principle）」（159）。傅柯視作者為一個「複數」概念而非「單數」的專有名詞，旨在說明：（一）「作者」觀念只是讀者在閱讀過程中的一種「建構體」（construct），而非附著於文本的先驗存在；（二）作者在文本的建構過程中所從事的是「互文式的對話」（inter-textual dialogue），因此「再現」的結果是一種「複向指涉」（multi-referential）、不具作者權威的「互文」版本。誠如傅柯所言，這種對於「作者」概念的重探，其目的並不是要「重新拓立一個源頭主體

（originating subject）的主題」，而是「要把主體作為創始者（originator）的角色解除，並把主體視為一種複雜、可變的論述功能（function of discourse）」（158）。傅柯的「作者功能」（author-function）說法與班雅民「碎片論」中顛覆原文權威的思想若合符節。

在討論原文與譯文的對話互動過程時，班雅民用輕觸圓周、依循自己方向前進的「切線」，來說明譯文的獨立性。「切線論」的翻譯觀凸顯當代文化批評中「建構論」（constructionist approach）的觀點：「再現」即是一種不完備、卻具創意的模擬與近似。依班雅民之見，譯文的獨立性是不容抹滅的，它與原文的關係就好像數學上一條切線與圓的關係，交會於一點後便「沿著自己的軌跡前進，通向無限（infinity）」（*Illuminations* 80），不受拘束。他指出：「譯文一如切線，在這無限小的意義之點上，輕輕碰觸原文後，便在語言的自由流變過程中，根據信實的規律，繼續自身的進程。」（*Illuminations* 80）班雅民的切線比喻旨在強調，譯文是「重新創造的作品」，能將困在原文「語言魔咒之中的純粹語言釋放出來」（*Illuminations* 80），另外也說明了譯文有其獨特而不容抹滅的「主體性」，它與原文之間不存在主從關係。從「對話論」的角度來看，班雅民「切線論」中的譯文可謂是一種巴赫汀式的「框架文本」，具有解放與創新的力量：其「與原文有密不可分的關係，但是翻譯活動一旦完成，即擁有一己的主體性，不再受限於原文的拘束」（莊坤良 82），能開創屬於

自己的文本空間。據此，我們不難了解為何班雅民將譯文比喻為原文的「來世」（afterlife），可以豐富原文的「今生」（life），延續原文的生命（*Illuminations* 71）。

如前所述，班雅民的翻譯觀蘊含了「差異」所蘊含的創新性與再生力。解構主義大師德希達（Jacques Derrida）在〈巴別塔〉（"Des Tours de Babel"）一文中，將譯文喻為「原文的生長」（188），將翻譯喻為延續生命的「婚約」（191），此種論點不啻強化了班雅民「來世論」的翻譯觀：「原文或原作者雖然已死亡，但是其精神卻得以在譯文中獲得重生。」（莊坤良 80）莊坤良對班雅民「來世論」有一段言簡意賅的總結：

> 在歷史的變遷過程中，原文的「今生」不斷在翻譯的「來世」裡成長開花結果。原文的「歷史意義」在經歷不同世代的重新再現之後，早已在未來的閱讀裡產生新的「時代意義」。以此觀之，原文不是自外於歷史的超驗「存有」（being），相反地，它是一種從未完成的「生成」（becoming）。原文與翻譯皆不斷與時成長，我們可以說，每一次的翻譯都是原文的再生，而每一個譯文也都是一個新原文的開始。（80）

班雅民的翻譯理念，對於晚近的文化研究與跨文化溝通有很大的啟發。倘使我們以班雅民的翻譯論點分析杜玲（Susan Wan Dolling）所英譯的王文興《家變》（*Family Catastrophe*），

將能探析杜玲英文譯本與王文興中文原著的文化對話議題。在《家變》英譯本中，譯者為了讓譯文貼近讀者，透過「歸化」（domestication）策略，將現代主義經典大眾化，創造了一種既能產生去「陌生化」（de-familiarization）又能達到「重新建構」（re-construction）的英文譯本，並且淡化《家變》原文所欲彰顯的現代主義色彩。[4] 易言之，英譯本無法呈現《家變》原著中揉雜多樣、繁複多變的現代主義特質（例如小說語言形式的標新、立異、獨特、激進等特質）。《家變》原文中新奇罕見之文字形式，在「歸化」譯程中，具現代主義的「陌生化」特質盡除，譯文於是變得不那麼晦澀難懂。借用班雅民的話，英譯本與原文的關係就好像數學上一條切線與圓的關係，交會於一點後便「沿著自己的軌跡前進，通向無限」（80），不受拘束，開創屬於自己的主體性空間，形成一個「褪色的現代主義」文本。英譯本可謂是「一個經過重組、可資

---

4  在《家變》中，王文興將現代主義所帶來的「語言改造」發揮得淋漓盡致，其特殊的文字運用與語法結構（如使用奇特的符號、夾雜文言文、運用歐化句法等）及扭曲式的實驗風格，確實令讀者耳目一新。1999年，《家變》獲文建會選為三十部「台灣文學經典」之一，被譽為台灣現代主義經典巨著。陳芳明在討論《家變》之意義時指出：「現代主義所帶來的創作技巧、審美原則與語言改造，確實使台灣文學的藝術營造有了重大轉折。沒有現代主義的衝擊，台灣作家也許還停留在五四旗幟的陰影下。也許還依賴『我手寫我口』的白話文，也許還遵循起承轉合的傳統思維結構。」（11）

變識的『他者』（Other）──一個看似相似卻不盡相同」（Bhabha 86）的嶄新「建構體」；它經歷了不同語系與時空的「再現」後，在英語世界裡延續了《家變》原文的「今生」。杜玲英譯本採用了「歸化」策略，雖無法呈現原作者的表達方式與語言文化上的特色，惟就班雅民「來世論」的翻譯觀而言，杜玲的翻譯在歷經經典文學大眾化之後，等於是《家變》原文的再生。英譯本在未來的閱讀裡，將能產生新的文化意涵與時代意義，豐富《家變》原文的生命，開始一個「新原文」。

　　由以上的分析可以看出：（一），「對話論」中有關讀者與作者間的互動關係，可以用來闡釋翻譯過程譯者所扮演的角色。（二），班雅民〈譯者之職〉隱含了「對話論」的基本精神（反本源、去權威、重他性、容差異、褒互文），其所揭示的「碎片論」、「切線論」與「來世論」，可與「去原文化」、「反本源」、「差異性再現」、「去中心」等當代文學批評、文化理論的重要主張相互扣連、輝映。

# 西方翻譯「三模式」批評——兼論馬丁‧路德翻譯思想的「模式」性質

任東升*

## 摘要

　　勒弗維爾強調翻譯對文化構建的重要作用，他和巴斯奈特總結出西方翻譯的三種模式：哲羅姆模式、賀拉斯模式和施賴爾馬赫模式。本文首先評析這三種模式的本質和區別性特徵，進而釐清「三模式」說的建構邏輯，發現三模式在民族語言意識對文化建構的重要性方面有所疏漏，而這恰恰是馬丁‧路德翻譯思想的本質和體現。我們指出路德翻譯思想的「模式」性質、特徵、價值和影響力，尤其是其現代表現，提出為「三模式」增添「路德模式」，明確「四模式」的合理邏輯及其對譯學研究以及翻譯教學和翻譯實踐的指導價值。

　　關鍵詞：三模式、批評、路德模式、模式性質

*　中國海洋大學外國語學院英語系教授，兼任副院長、翻譯研究所所長。

# A Critical Review of the Three Models With A Survey of the Luther Model

Dong-Sheng Ren *

## Abstract

Andrew Lefevere, who attaches great importance to the role of translation in cultural construction in translation studies, in association with Susan Bassnett, gives a summary of the three models in the history of translation, namely, the Jerome Model, the Horace Model and the Schleiermacher Model. The paper, based on an analysis of the nature and distinctive features of each model, attempts to figure out the logic of the three models, with the finding that the key role of the receiving language in helping to construction the receiving culture is regretfully neglected, which is just the core and feature of Martin Luther's translation thought. The author , after classifying the nature of "model", features, value, influence, and modern shape in Luther's thought, proposes the "Luther Model" as an addition to the three models and asserts the reasoning logic of the "four models" and their guiding roles in translation studies, teaching and practice as well.

**Keywords**: the three models, criticism, the Luther Model, nature of model

* Professor of The English Department; Associate Dean of College of Foreign Languages; Director of Institute of Translation Studies, College of Foreign Languages, Ocean University of China.

# 1. 引言

對於西方翻譯實踐發展史和理論史的劃分有多種,如階段論、思潮論、範式論、學派論。安德列·勒弗維爾和蘇珊·巴斯奈特(Bassnett & Lefevere 2001: 1－11)在其編輯的文學翻譯論文集《文化構建》(*Constructing Cultures*)「導言」中明確提出西方翻譯史上的「三個模式」:「哲羅姆模式」(The Jerome Model)、「賀拉斯模式」(The Horace Model)和「施賴爾馬赫模式」(The Schleiermacher Model),借此強調文化構建在翻譯理論與實踐中的重要性。(陳景燕 2008:58)。這三種模式(下文簡稱「三模式」)在西方翻譯實踐發展史上一度流行,所產生的影響至今存在,也為其他學者津津樂道。不少國內學者關於「三模式」的研究(李宏順 2007;陳景燕 2008;李紅麗 2009;許靜 2010),限於對三模式的歸納和對其語用特徵的分析,將三模式與一般的翻譯標準作比較;個別學者(趙彥春 2005:50)基於自己的認識對「哲羅姆模式」和「賀拉斯模式」提出過質疑。然而鮮見對「三模式」的建構邏輯做出分析。為什麼「三模式」的排列順序是「哲羅姆─賀拉斯─施賴爾馬赫」而非按時間順序?「三模式」說的建構邏輯是否科學合理?除了這三種模式,有無其他翻譯模式?本文圍繞以上問題展開探討,嘗試提出「三模式」之外的模式──「路德模式」,進而探討「四模式」說的可能性。

## 2.　「三模式」說評析

在歐洲或廣泛意義上的西方翻譯實踐發展史和翻譯理論發展進程中,「哲羅姆模式」、「賀拉斯模式」和「施賴爾馬赫模式」均有歷時輻射力。這三種本質各異但互為補充的三模式,至今仍具有重要的指導意義和參考價值。

### 2.1　三模式概述

「哲羅姆模式」的翻譯實踐典型代表是《通俗拉丁文本聖經》(*Vulgate*, 308－405 B.C.)。在這種模式中,原文被視為「永恆的」(timeless)、「不變的」(unchangeable),具有「神聖的本質」(the sacred nature),《聖經》的翻譯應該盡可能地忠實,採用的方法是「隔行翻譯」(interlinear translation)甚至「逐字翻譯」(stuck to the word)。可見這種模式是僅僅限於語言層面(the linguistic level only),即講究字詞上的對等,如同字典式翻譯,因而適合基於機械忠實和語言對譯的初級翻譯教學。

「賀拉斯模式」所強調的「忠實」落在了譯者及其翻譯文本的使用者「客戶」(the customer)身上,而非忠實於原文本。他還提出要在「客戶」和兩種語言之間進行協商,獲得原作者和讀者的認可。在這種模式中,原文不像「哲羅姆模式」那樣處於核心位置,「客戶」變成了翻譯中的核心概念。但是協商的最終結果是採用當時的特權語言拉丁語進行翻譯。這種模式實際上是當時羅馬帝國規模盛大的翻譯實踐的

集中體現：譯者對希臘原著大肆增刪、重組，甚至隨意改寫，絲毫不顧及原文的完整性。

第三種模式是「施賴爾馬赫模式」。施賴爾馬赫發現了影響讀者理解外國作家的兩種方法：即譯者要麼盡可能地讓作者安居不動，而將讀者引向作者；要麼盡可能地讓讀者安居不動，將作者引向讀者。施賴爾馬赫提出了異化翻譯法和歸化翻譯法。（劉軍平 2009：123）在這兩種方法中，他更傾向於第一種方法，所以「施賴爾馬赫模式」強調的是「異化」的翻譯（"foreignizing" translation）。由此，目的語和目的語文化的特權地位被否認，原作的異質性獲得保留。

我們發現，「三模式」的提出，還針對具體的翻譯文本、翻譯實踐和翻譯教學。茲不贅述。

## 2.2 「三模式」說的建構邏輯

勒弗維爾和巴斯奈特並沒有按照歷時順序排列三個模式，而是將較早出現的「賀拉斯模式」放在「哲羅姆模式」之後，其中的邏輯和目的值得探究。

研讀論文集《文化構建》的「緒論」《翻譯研究走向何方？》（*Where We Are in Translation Studies?*），我們發現三模式說是基於歐洲的翻譯實踐發展史和翻譯模式的文化建構效果這兩條邏輯線，儘管第一條線服務於第二條線，但第二條線才是其模式學說建構的根本。文章開篇就點出當前翻譯研究

的轉向，指出機械翻譯的垮臺；機械翻譯之所以垮臺，重要依據就是傳統的「對等」（equivalence）觀念的瓦解，而傳統對等觀念的典型代表就是「哲羅姆模式」；其核心就是「對等」，其特徵就是「中心的神聖文本」，即《聖經》的存在；甚至在《聖經》裡連詞序都是一種「玄義」（Scharz 1963: 7；譚載喜 2004：16），實質上是承認「神聖語言」的存在；翻譯《聖經》務必絕對忠實，採用不同文字隔行對照翻譯，字對字，譯出的字要寫在被譯的字下面。其結果是，不論從語法還是意義上，譯文都不通。這也導致哲羅姆模式僅僅局限於純語言層面，只適合沒有語境的課題翻譯教學。由此可見。該模式下翻譯的文化建構效果是極其微弱的。

然而，目前《聖經》在西方的影響力已大不如前。針對文本翻譯，人們已開始摒棄那種缺乏思想的「唯忠實性」，開始重新界定相應的翻譯模式，即翻譯不再是在詞典中找到機械的對等詞，而是更加注重譯者翻譯轉換技巧上的選擇。翻譯與特定語境發生關聯，在翻譯模式上呈現的變化是，「忠實性」不再強加於譯者。這一變化意味著，「忠實」理念或意識已經體現為不同類型的「忠實性」，即「忠實」概念外延到需要注重不同語境的「忠實性」。所謂翻譯，可以說既不是絕對的「忠實」，也不是絕對的「自由」；翻譯在多數情況下，永遠沒有絕對的「好」或「壞」。一般情況下，翻譯可以直譯以便忠實於一些特定語境；在某些情況下，為了使譯文更合乎情理，也可以意譯。

在翻譯中應該重視的文本語境，一是文本的歷史，一是文本的文化，而這恰恰是由「賀拉斯模式」孕育發展而來的。雖然賀拉斯的觀點集中表現為「忠實的翻譯」這一概念上，「忠實」的物件並非文本，而是「顧客」，這些顧客是賀拉斯時代的顧客。他認為「一個忠實的筆譯者／口譯者」是為人所信任的，他按時完成任務，讓雙方都能滿意要做到這一點，作為口譯者的他要在委託人之間，用兩種語言來協商；如果是筆譯者的話，他要在顧客和兩種語言間來協商。協商是關鍵所在，它反對傳統的對等的忠實。「賀拉斯模式」沒有牽涉宗教文本，但它的牽涉的接受語卻是當時佔有特權地位的拉丁語及其特徵。這便意味著「協商」具有向拉丁語傾斜的傾向或故意，並非達到原語和接受語的平等。雖然存在不平等，但已起到接受語文化建構的效果。這種語言特權思想暗含接受語文化特權苗頭，是不利於保護原語文化或特定民族文化的，因為在這樣的翻譯模式下，民族語言文化可能被同化，甚至泯滅在拉丁語或英語這樣的標準文化中。

　　賀拉斯的語言特權觀後來遭到施賴爾馬赫的反對。「施賴爾馬赫模式」強調「異化」的翻譯（foreignizing，可譯為「洋化」，如魯迅所言），否認接收語言或接受文化的特權地位，原語文化的多樣性得到保存。異化的翻譯保留原文本的異域特徵，使讀者能欣賞到原文本的「文化身分」，這樣的翻譯模式才是本質意義上的「忠實」翻譯。按照巴斯奈特和勒弗維爾的理解，施賴爾馬赫的譯論立足於「文化資本」概念，因

為只有在文化資本的領域中，翻譯才能清晰地表現出其建構文化的功能，通過在兩種文化之間協商文本段落，使得一種文化中的文本滲透到另一種文化中的「文本網格」（textual grid）和「概念網格」（conceptual grid），並在其中發生作用。（Bassnett & Lefevere 2001: 7）因此，施賴爾馬赫模式的文化建構效果是最強的。

我們可以設置三個「模式」指標來對照「三模式」的文化建構效果：

| 「指標」<br>「模式」 | 原文觀 | 譯者地位 | 翻譯實質 | 文化建構效果 |
|---|---|---|---|---|
| 哲羅姆模式 | 原文中心 | 聽寫工具 | 神聖語言 | 無 |
| 賀拉斯模式 | 客戶中心 | 主體地位 | 特權語言 | 弱 |
| 施賴爾馬赫模式 | 文化中心 | 文化建構者 | 平等語言 | 強 |

表 1：三模式建構邏輯

## 2.3 「三模式」說評析

「三模式」說的建構是基於翻譯實踐發展史和翻譯對文化建構效果強弱，然而這樣的建構邏輯是否真的無懈可擊呢？首先，用人名來命名模式本身就存在以偏概全的危險。出於記憶和論述的便利，採用這樣的方式是可以理解的。以人名命名的翻譯模式本身，理應代表此人的全部翻譯思想。我們看到，巴斯奈特和勒弗維爾出於其文化建構邏輯，重點強調

的是模式人名翻譯思想的某一點或某幾點，甚至不惜刻意誇大某一點為其論述服務。第二，賀拉斯模式中強調的特權語言是當時的強勢語言拉丁語，而在施賴爾馬赫模式中是遭到強烈反對的，施賴爾馬赫提出了語言文化平等，特別是保留民族語言的文化身分的觀點。難道在施賴爾馬赫之前就沒有人反對這種特權語言觀嗎？其語言文化平等觀難道是突然間出現的嗎？仔細想來，這兩個模式之間似乎缺少必要的「過渡」：民族語言的地位到底是如何提高的？它是怎樣獲得與「強勢語言」平等地位的？我們認為，這起源於馬丁‧路德的聖經翻譯思想和實踐。正如愛德溫‧根茨勒在為論文集《文化構建》所寫的前言中的認識：

"Perhaps the most obvious, comprehensive, indeed empirical data for studying cultural interaction are the translated texts themselves. To do so, Bassnett and Lefevere posit three models for studying translations that they have found useful…Bassnett's and Lefevere's multiple models are helpful for studying translations in different cultures during different periods." （2004: xii－xiii）

從這段引文可以也看出，巴斯奈特與勒弗維爾劃分「三模式」的初衷，是為了基於這三種模式的框架，借助對不同歷史時期不同文化間「互動」（cultural interaction）的研究，進行對翻譯的研究。所以，理論上來看，這三種翻譯模式無論

從內容還是本質都應與歷時的翻譯實踐發展史相對應,「各具一格」,才能承擔起這種「模式」或「框架」意義。從賀拉斯模式到施賴爾馬赫模式,之間存在如此大的跳躍性,不能不說是「三模式」說建構邏輯的疏漏。

下面我們嘗試梳理和分析歐洲乃至西方翻譯實踐發展史上起到「分水嶺」作用的馬丁・路德的翻譯思想,探尋其「模式」性質。

## 3. 「路德模式」

三模式說中,在賀拉斯模式和施賴爾馬赫模式之間存在邏輯跳躍,這尤其表現在民族語言主體地位的意識上,而這恰恰是馬丁・路德翻譯思想的本質和體現。

### 3.1 路德翻譯思想

馬丁・路德是德國偉大的神學家和翻譯家。他發起了宗教改革運動,並基於自己的聖經理解和研究用當時的德語翻譯了拉丁語《聖經》。路德認為,只有信奉耶穌基督,才能在上帝面前得稱為義。由此發展了自己的「因信稱義」學說。「因信稱義」學說和《聖經》作為宗教事務的唯一權威是路德宗教改革的兩大支柱(Duiker 2001: 426)。宗教改革動搖了基督教的統一性。「宗教改革是德國《聖經》翻譯史上的轉捩點,路德和其他宗教改革家從希臘語和希伯來語原文來尋找

《聖經》新舊約的翻譯。」（Kittel & Poltermann 2004; Baker 2004: 421）他翻譯的德語版《聖經》在德國文學史上佔有舉足輕重的作用。路德被認為是第一個完整地把《聖經》翻譯成德語的人。他適應時代的需要，採用民眾的語言譯出有史以來「第一部民眾的《聖經》」，並通過翻譯統一了德國語言，為現代德語的形成和發展打下了基礎，也為德國民族性格的塑造起到了很大的作用（魚為全 2008：9）。黑格爾（1981: 379）曾指出，「如果沒有把《聖經》譯成德文，路德也許未必能完成他的宗教改革。」這樣的評價其實揭示了路德的聖經翻譯和宗教改革的邏輯關係。宗教改革時期在翻譯理論方面做出重要貢獻的就屬路德。路德通過翻譯《聖經》的實踐，形成了自己獨到的見解，並支配了其後二十五年間的所有德語《聖經》翻譯。（Kittel & Poltermann 2004; Baker 2004: 421）

　　路德翻譯思想集中體現在他的《論翻譯——一封公開的信》。他最重要的翻譯主張就是翻譯應該用大眾的語言。在路德之前，羅馬教廷用行政統治的外在形式「拉丁鎖」（即哲羅姆的拉丁文《聖經》和拉丁語作為權威語言）長期一統歐洲文化。路德的德文《聖經》在扉頁上標明「由路德博士編纂」（劉行仕、雷雨田 1988），推出後陸續被轉譯為法語、英語、匈牙利語和芬蘭語等民族語言，相應的民族語言也因此湧現。路德認真採擷和吸收下層民眾的語言精華，極力採用流暢通俗、形象逼真的藝術手法。他說：「你必須問一問家裡的母親、街上的孩子和集市上的普通男子，看看他們的口型，

他們如何說話，並用同樣的方式進行翻譯，這樣他們就會知道並明白你是在用德語跟他們講話。」（Mundy 2001: 22－23）路德不僅主張關注讀者接受能力這一原則，而且還把這個原則付諸於實踐，他並沒有按照當時非常流行的方法即字對字的方法翻譯《聖經》，而是充分地考慮目的語讀者的接受能力，用大眾所能理解的語言去翻譯。換言之，面向大眾的翻譯，是路德的翻譯語言觀。

## 3.2　路德翻譯思想的「模式」性質

「模式」是一種概括化的構架，它比概念化的理論要具體，具有可操作性；它源於客觀事物的原型，是經過人們思維加工製作出來的一種「認識形式」，也是一種可參照模仿的「行為範型」（林記明、穆雷 2009）。因此，要想成為翻譯的一種模式，不僅要有理論的支援，更需要翻譯實踐的佐證。按照我們此前設置的三個模式指標，馬丁・路德的翻譯思想可以歸結為「讀者導向—譯者主導—大眾語言」。這說明路德的翻譯思想已經具備「模式」的基本理論內核，路德自己的翻譯理論構成「路德模式」的理論基礎。在中國，瞿秋白主張文學翻譯白話本位原則、放棄貴族的語言而使用大眾的語言（王秉欽 2006：128），[1]這和路德的翻譯思想異曲同工，可以

---

1　瞿秋白是我國偉大的革命家、新文學運動的先驅者、中國現代文學的傑出代表之一，也是最早翻譯俄羅斯和蘇聯文學名著的文學翻譯家。瞿秋

佐證「路德模式」。路德和瞿秋白的翻譯思想，實際上反映的是翻譯的「革命」功能，即翻譯是喚醒普羅大眾的「革命」，活生生的人民語言、民族語言不僅僅是「接受語」，同時也是「目的語」，其文化建構功能，突出體現在革新社會甚至「革命」作用。在將強勢語言翻譯為弱勢語言的過程中，語言形式（句式、句法、修辭等）傾向於弱勢語言，大眾語言和民族語言的地位獲得提升。通過保留強勢語言文本的內容，採用弱勢的大眾化語言形式，在弱勢語言中實現文化建構的目的。

　　理論內核和實踐的佐證足以證明路德的翻譯思想具有顯明的「模式」性質，具有可模仿、可複製、可推廣的價值，至今也有所體現，因此可上升為一種翻譯模式，我們稱之為「路德模式」（the Luther Model），其本質特徵是翻譯語言的大眾化。這樣的翻譯模式卻被巴斯奈特和勒弗維爾忽視了，導

---

白的中心思想就是翻譯為政治服務的，翻譯本身就是政治運動。他是第一個提倡大眾語運動的人，他提倡中國現代普通話。瞿秋白提倡的這種普通話具有很大的包容性，他真正想做的是要用普通大眾所能聽懂的語言去翻譯文學作品。他認為不應該去用中國古代貴族所用的語言，應該用平常老百姓所用的語言來表達我們的思想。他提倡文學翻譯白話本位的原則。（參見王秉欽，《20世紀中國翻譯思想史》，天津：南開大學出版社，2006年，第128頁）。瞿秋白的翻譯理論與他的所處的政治環境是緊密相關的。五四運動給中國的文學注入了新的活力。瞿秋白的翻譯活動就是和五四運動聯繫在一起的。

致其「三模式」說存在漏洞。實際上，對「路德模式」的忽視，又見於其他學者。如美國學者韋努蒂在考察德國翻譯史時注意到施賴爾馬赫「讓讀者向作者靠近」的異化策略，卻忽略了路德「翻譯必須採用大眾語言」的同化策略。（曹明倫 2007：87）

我們的認識是，如果勒弗維爾（Lefevere 2001）對西方聖經翻譯史劃分為「神學翻譯」（theological sphere）和「非神學翻譯」（non-theological sphere[2]）兩個階段是合理的話，那麼「路德模式」正好起到「分水嶺」的作用。換言之，強調原文和作者地位的「神本主義」翻譯觀（或曰「神學翻譯」，「哲羅姆模式」為其典型），之所以轉向強調譯文和讀者地位的「人本主義」翻譯觀（或曰「非神學翻譯」），正是經由打破聖經詮釋壟斷權的宗教改革或「革命」，而處於革命中心的路德就是革命的覺醒者，他對譯者主體地位的強調和以母語為本的翻譯主張，轉移了翻譯的重心，由此開創了翻譯的新風尚。「路德模式」是歷史的存在，並對其後的翻譯思潮和翻譯實踐發揮了不可忽視的影響。[3]

---

2　勒弗維爾只提到 "theological sphere"，並沒有 "non-theological sphere" 的提法。但其暗含之意十分明顯。有中國學者在引用「神學性翻譯」時常常帶出「非神學翻譯」的提法。（參見任東升，《聖經漢譯與佛教翻譯比較研究》，《上海翻譯》，2008年第3期，第46～50頁。）

3　路德在用德語翻譯《聖經》時指出，「關鍵是要用德意志人民的德語，

據此，我們將「路德模式」嵌入「三模式」中，使舊「三模式」變為新「四模式」，這樣可以彌補民族語言意識從無到有的必要過渡，消除各模式間的跳躍性，使勒弗維爾和巴斯奈特所言的文化建構邏輯更具漸進性和科學性。如下表：

| 「指標」<br>「模式」 | 原文觀 | 譯者地位 | 翻譯實質 | 文化建構<br>效果 |
|---|---|---|---|---|
| 哲羅姆模式 | 原文中心 | 聽寫工具 | 神聖語言 | 無 |
| 賀拉斯模式 | 客戶中心 | 主體地位 | 特權語言 | 弱 |
| **路德模式** | **讀者中心** | **主體地位** | **大眾語言** | **漸強** |
| 施賴爾馬赫模式 | 文化中心 | 文化建構者 | 平等語言 | 強 |

表2：四模式建構邏輯

---

而不用拉丁化的德語」（參見曹明倫，《翻譯之道：理論與實踐》，河北：河北大學出版社，2007年第64頁）。路德提出的《聖經》翻譯原則和方法，為英國的威廉・廷代爾和西班牙的瓦勒拉的聖經翻譯提供了指導。（參見任東升，《聖經漢譯文化研究》，武漢：湖北教育出版社，2007年，第87頁。）奈達也是受路德影響的翻譯家之一，他提出的「動態對等」理論便是對路德思想的傳承。奈達曾經說過動態對等勝於書寫形式。他曾經強調要用人們所接受的形式進行翻譯而不是更有文學優勢的形式來翻譯。在他看來，原文文本的形式不是那麼重要，重要的是讀者的反應。（參見 Nida, Eugene A. *Toward A Science of Translation*. Shanghai: Shanghai Foreign Language Education Press, 2004, 15.）奈達對等原則之一強調的就是翻譯的過程是交際的過程，在不喪失原文資訊的前提下，焦點轉向了接收者（參見劉軍平，《西方翻譯理論通史》，武漢：武漢大學出版社，2009年，第145頁）。從這一點可以看出他們對於讀者的重視這一觀點如出一轍。從這一點可以看出路德對奈達翻譯思想的影響。

# 4. 結論

　　西方學者對西方翻譯史和翻譯理論上的觀察，並非都是精準精到。一直被奉為圭臬的三模式說也並非牢不可破，完美無缺。基於文化建構效果和翻譯發展史的「三模式」說在邏輯建構上存在一定的跳躍性。增添「路德模式」，將舊三模式變為新四模式不僅可以彌補其模式說的邏輯漏洞，使其更具漸進性，而且可以為當前的翻譯研究，特別是中國的宗教翻譯研究提供很好的理論借鑒和實踐指導。同時，我們對西方翻譯及其理論的研究工作必將繼續向縱深發展並且不斷取得新的成就，不可照抄照搬，要帶著批評的眼光來審視，只有這樣才能科學借鑒國外研究成果，完善中國的譯學理論體系。

# 裸眼：韋努第的譯者之隱

張上冠*

## 摘要

　　韋努第（Lawrence Venuti）所著之《譯者的隱身》（*The Translator's Invisibility*）在英語語系的翻譯學界曾經引起了重重波瀾。韋氏反對以「流暢」（fluency）為原則的英譯，主張以「異化」（foreignizing）代替「歸化」（domesticating），俾使譯者不再隱形而譯文不再透明。韋努第的翻譯理論以及實踐這種理論的「另類翻譯」（alternative translation）是否得宜，贊成與反對雙方在理論層次上已經多次交手，尚無定論。本論文擬從「透明翻譯」（transparent translation）與「透明可譯性」（transparent translatability）的角度重新檢視翻譯行為中「隱」和「顯」（invisibility & visibility）的問題。筆者擬從解構的角度對韋努第理論中有關翻譯的隱形和透明的論點提出批判與反思，論文將藉此進一步探討西方翻譯理論中環繞「可譯性」（translatability）和「不可譯性」（untranslatability）的一些癥結問題。

　　關鍵詞：隱形、透明、異化、歸化、不可譯性

\*　國立政治大學英國語文學系教授。

# Naked Eyes: Venuti and the Translator's Invisibility

Shang-Kuan Chang *

## Abstract

Much ink has been spilled over *The Translator's Invisibility* by Lawrence Venuti in the field of translation. Venuti's objection to the principle of fluency and his advocation for foreignizing over domesticating in practical translation have attracted scholars who either panegyrized his insight or criticized his blindness. This essay is aimed to re-examine the thorny problem of (in)visibility in terms of transparent translation and transparent translatabilty. By adopting a deconstructive strategy through which to bore from inside Venuti's theorectical reflections on (un)translatabilty as well as (in)visibility, the author proposes that translators, no matter how they claim to have certain vision enabling them to see the true meaning of a text, have nothing but naked eyes that see things differently.

**Keywords**: invisible, transparent, foreignizing, domesticating, untranslatable

* Professor of Department of English, Chengchi University.

# 重視

　　美國超越主義（Transcendentalism）的哲學導師愛默生（Ralph Waldo Emerson）在〈自然〉（"Nature"）這篇論文裡，將人、自然和神之間的關係提出了一個常被後人引述的「靈視」（vision）：Standing on the bare ground, —my head bathed by the blithe air, and uplifted into infinite spaces, —all mean egotism vanishes. I become a **transparent** eyeball. I am nothing. I see all, the currents of the Universal Being circulates through me. I am part or particle of God. (6)（粗體為筆者所加）。愛默生的「透明眼球」當然是個暗喻，象徵在某種神祕的境界，人可以透視自然之祕且和自然全然契合，而在一窺造化之妙時，得以超越世俗而和神結為一體。自然在愛默生眼中，是人內在精神在外的體現，而這內在之光（inner light）因為源自神性，自然賦予了自然神聖之意：He shall see that nature is the opposite of the soul, answering to it part for part. One is the seal, one is the print. (48) 對於愛默生而言，當人的外在視覺和內在之光融為一體，那時迸現的靈光讓人在剎那間對宇宙有了完全的理解，彷彿人在宇宙之中而宇宙在人之內。

　　愛默生對於自然的靈視是一種艾奇利（J. Heath Atchley）所說的自然神祕主義（nature mysticism）（81），是人的精神世界和自然世界完美結合的狀態，而在此純然狀態下，人的一切卑劣自我、虛偽假飾都消失無形，於是人似乎處在某種柯

樂（Michelle Kohler）所指出的和自然完全融合的「透明境界」（transparent state）之中。（25）愛默生對自然的觀察充滿了智慧之光的光照，而以他的哲學觀點為基調的美國超越主義自然也洋溢一種正面樂觀的氣息。然而，如眾多學者所指出的，並非所有的人對愛默生的看法皆抱以同情，對於人性（nature）和自然（Nature）之間的關係，和諧或許是個理想的答案但絕對不是唯一的選項。對某些人而言，愛默生透過自己的靈視所啟發出的真理終究是屬於個人的，而個人的靈視是否具普世性總已是個問題。此外，愛默生靈視中的自然似乎永遠美善，任何惡行、危險、罪孽、邪惡、混亂，在靈視的光照之下都不存在。那個神祕奧妙的透明境界成了真、善、美的極致，而人終於得以進入神所啟示的真實之中。

對於自然的觀察，或是／以及對自然所做的宗教或哲學反思，從來都是文人的「興趣」（interest）所在，只不過興趣的焦點因人而異，因而每個人的論點和結論亦不相同。這些差異是重要的，因為它提醒我們每個人終究是個有限的存有，我們的觀察可能具有盲點甚至帶有偏見，而我們歸納或演繹出的知識總是難以完備。在這個意義下，愛默生也非例外，也正因如此，對愛默生的批評才具有更深刻的意義：沒有人能對事物做出「最後的」結論，因為「最後的」，非常弔詭的，仍然只是「上一個的」，結論無法真正終結討論，反而是引發不斷的討論。美國作家迪拉德（Annie Dillard），這位深受愛默生影響的當代學者，在從事愛默生式的自然觀察時，

卻展現迥然有別的看法,或許可以用來說明上述的現象。在她著名的 *Pilgrim at Tinker Creek* 這本自然寫作一書中,迪拉德對愛默生的超越主義自然觀提出了我戲稱為「視力矯正」(correction of vision)的反動。書中有兩段文字特別能夠凸顯迪拉德的看法:

Then one **day** I was walking along Tinker Creek **thinking of nothing at all** and I **saw the tree with the lights** in it. I **saw** the backyard cedar where the mourning doves roost charged and transfigured, **each cell buzzing with flame**…The **vision** comes and goes, mostly goes, but I **live for it**, for **the moment** when the mountains **open** and **a new light** roars in spate through the crack, and the mountain slam. (35)

He was a very small frog with wide, dull **eyes**. And just as I **looked** at him, he slowly crumpled and began to sag. The **spirit** vanished from his **eyes** as if snuffed. His skin emptied and drooped… It was **a monstrous and terrifying thing**. I gaped **bewildered, appalled**. An oval **shadow** hung in the water **behind** the drained frog; then the **shadow** glided away. The **frog skin bag** started to sink. (6)

這是兩段對自然所做的(至少表面上看來)相當迥異的觀察。第一段所展現的經驗,那種對自然之美所表露的感動

情懷，在本質上可以說是非常超越主義式的。文字中被我用粗體強調的文詞流露著某種愛默生的氣息，若非我們已經知道這是迪拉德的作品，錯認其出自某位超越主義者的可能性是很高的。然而第二段所傳達的經驗卻恰好相反，迪拉德在自然中觀察到的是死亡，是突然的、毫無預警的、無法清楚理解的，自然生命的驟然結束。粗體字凸顯的是死亡赤裸裸的顯現，而死亡的生命最後剩下的那張 frog skin bag 在我看來是拉丁文 *memento mori* 最佳的體現之一。

對於愛默生和受愛默生影響卻又不同的迪拉德之間的差別，萊墨（Margret Loewen Reimer）提出了深刻的觀察。她認為迪拉德和愛默生一樣具有一種靈視，但是迪拉德的靈視，雖然也是單一個別的，卻是「辨證的」（dialectical）。和愛默生的超越觀點不同，迪拉德對自然的觀察並不追求某種和諧一體，她反而能在一己的觀點中容許對立／矛盾存在：The power of Dillard's vision arises from her strength to maintain the contradiction within a single vision. (190) 簡言之，在萊墨眼中，迪拉德和愛默生看見了不同的天空；愛默生的透明境界一切澄明清澈，但迪拉德的自然世界顯然幽邃複雜多了。The vision of the transcendentalists is only a fond remembrance … of a world which seemed to promise more clarity than Dillard can find. (184) 在 *Tinker Creek* 這本書中，迪拉德曾經說過：If we are blinded by darkness, we are also blinded by light. When too much light falls on everything, a special terror results. (23) 同樣在觀察自

然，迪拉德和愛默生獲得不同的啟發也做出不同的結論。愛默生在自然中理解出真理，然而迪拉德卻對真理顯現疑惑：I reel in confusion; I don't understand what I see. (25) 在初看之下，迪拉德這句話似乎難以理解，但隱約之中卻讓我們想起蘇格拉底的那句千古名言：hen oida hoti ouden oida；當一個人自知自己一無所知，那個無知的時刻或許正是真知之始。萊墨對迪拉德的自然觀察做了如下的結論：Her conclusion is, finally, that there is no knowing. God is hidden from us. We see, but we cannot understand. (188) 我們沒理由不接受這個結論，但是接受只是一個 stop sign，我們只不過暫時停止而已。接下來令人感到興趣的是：萊墨（在後）觀看迪拉德（在後）觀看愛默生觀看自然，迪拉德的結論成了萊墨（重述的）結論，萊墨眼中的迪拉德和「真實的」迪拉德完全一致嗎？如果可能，迪拉德會如何回顧萊墨對她的回顧？愛默生又會如何回顧迪拉德對他的回顧？而我們在**此時此刻**（hic et nunc）回顧這三位作者，他們三位有可能相對回望我們嗎？

並非所有的問題都有答案，但是所有的答案都「有問題」。

## 重視

前面所敘述的背後其實隱藏了我的困惑：我應該相信誰？我該在愛默生和迪拉德兩者的自然觀察中選擇其中之一

嗎？我該完全相信萊墨對迪拉德和愛默生的看法嗎？如果我做出選擇或者全然信服，我自己還能說擁有自己的觀點嗎？我可以同時接納（或者排斥）愛默生和迪拉德的觀點嗎？如果愛默生和迪拉德能親自向我表達看法而非透過萊墨的「再現」（representation），我對他／她們兩人的看法會有所不同嗎？

這似乎不是這篇論文應該出現的問題，或者說，這似乎是這篇論文不應該出現的問題。那麼我們現在就將正確的眼光投在這篇論文真正的問題上，我們之前所注視的就不妨將其視為視覺的錯誤（falsity of vision）。（只不過當任何人宣稱在聚焦於某個事物上時，有誰是立即而無誤的將眼神投注在那個事物上，而非由大而小，由遠而近的，由先而後的，一步一步的將視野凝聚在焦點事物上呢？）

韋努第（Lawrence Venuti）的《譯者的隱身》（*The Translator's Invisibility*）在翻譯理論學界曾經引起不小的波瀾，特別是在英語系國家之中。在韋努第看來，十七世紀以來的英文翻譯是以「流暢」（fluency）做為標準來評量英譯的好壞與否。然而隱藏在這個翻譯標準之後的是英譯者為了要讓譯文符合標準英語的種種要求而對原文所做的配合操縱。由於譯文在用字遣詞、文法規則、文體風格上皆須滿足流暢英文的標準，譯者對原文所做的操弄就在此翻譯過程中隱沒無形。相對地，由於譯文必須流暢，否則不被主流接受，原文的語言和風格特色因此也隨之消失，結果譯文不再像是譯

文，反而讓讀者錯認為是原文。下面這段稍微冗長的引文可
以概要地說明韋努第的看法：

"Invisibility" is the term I will use to describe the translator's
situation and activity in contemporary Anglo-American culture. It
refers to two mutually determining phenomena: one is an illusionistic
effect of discourse, of the translator's own manipulation of English;
the other is the practice of reading and evaluating translation that has
long prevailed in the United Kingdom and the United States, among
other cultures, both English and foreign language. A translated text,
whether prose or poetry, fiction or nonfiction, is judged acceptable
by most publishers, reviewers, and readers when it reads fluently,
when the absence of any linguistic or stylistic peculiarities make it
seem transparent, giving the appearance that it reflects the foreign
writer's personality or intention or the essential meaning of the
foreign text—the appearance, in other words, that the translation is
not in fact a translation, but the "original." The illusion of
transparency is an effect of fluent discourse, of the translator's effort
to insure easy readability by adhering to current usage, maintaining
continuous syntax, fixing a precise meaning. What is so remarkable
here is that this illusory effect conceals the numerous conditions
under which the translation is made, starting with the translator's
crucial intervention in the foreign text. The more fluent the

translation, the more invisible the translator, and, presumably, the more visible the writer or meaning of the foreign text. (1－2)

　　為了闡明我這篇論文的論點，我想先對上述「引文」做一個「隱文」的操弄：我將刪除引文中我認為多餘的部分；然後透過我的觀點，我將對此「修正過的」（corrected）引文中的某些字詞，藉著使用粗體字來做一個凸顯的行為：

"**Invisibility**" is … to describe the translator's situation and activity in contemporary Anglo-American culture. It refers to two mutually determining phenomena: one is an **illusionistic** effect of… the translator's… **manipulation** of English; the other is the practice of reading and evaluating translation that has … prevailed in the United Kingdom and the United States … A translated text … is judged acceptable … when it reads **fluently**, when the absence of any **linguistic** or **stylistic** peculiarities make it … **transparent**, giving the **appearance** that it **reflects** the foreign writer's **personality** or **intention** or the **essential meaning** of the foreign text—the **appearance, in other words**, that the translation is… the "original." The **illusion** of **transparency** is an effect of **fluent** discourse, of the translator's effort to insure easy readability by adhering to current **usage**, maintaining continuous **syntax**, fixing a **precise meaning**. What is… remarkable … is that this **illusory** effect **conceals** the … conditions under which the translation is made … **The more fluent the translation, the more invisible the translator … and … the more visible the writer or meaning of the foreign text.**

　　上面這個不太正統的「改寫」（rewriting）讓原先的引文引發出一些問題。首先，我們可以認為後面這個引文，縱使出現了我的隱／顯兩種操弄，和前面的引文仍舊在意義的傳達上是一樣的嗎？如果是，那原引文的某些部分就是多餘的，因為這些文詞成了無功能的添加，即使刪除了也不影響原義。其次，和原文比較之下，改寫過的引文並非和原文完全一樣，如此，我們可以認為新的引文在嚴格的對照下，其實是一個新的東西嗎？然而，新的引文純然是原先引文的節錄，被我隱藏的文詞真的會在實質上改變新引文的意義嗎？如果是，那新引文就不是韋努第的作品而是我的產物，但是就一般論文引用的格式而言，這個說法似乎難以成立。如此看來，我們面對了一個兩難：前後兩個引文似乎同時一樣又不一樣，兩者是弔詭的「不一樣的一樣」（different & same）。這個「不一樣的一樣」（the different same）對我而言，顯示了一件事情：所有的引文都受語境的影響，這一點正反映了德希達所提出的「括引活動」（citational play）：Every sign, linguistic or nonlinguistic, spoken or written … can be cited, put between quotation marks; thereby it can break with every given context, and engender infinitely new contexts in an absolutely nonmeasurable fashion. (Derrida 1982: 320) 換句話說，無論是舊的還是新的，也不論是在前或在後，引文總已隱藏了全文，因為做為被凸顯的部分，它在質和量上無法完全等於原文。但是引文雖有所隱，引文仍然展現了原文，引文之隱還是有彰顯之用，並非全然無形無影。凹凸或凸凹是一體的兩面，隱顯或顯隱亦是如此。當我們觀看某個事物時，我們總是把看見的視為顯，但是如果我們無法看見隱的部分，我們又如何知道隱的存在呢？相反地，如果我們承認看不見我們看不見的，那個看不見的難道不是應該真正存在不可見／不可知的某處，而非用「隱」這個字來加以形容嗎？而在我們的觀看顯現之中／下（或任何的空間位置）是否隱藏了被我們忽視、渺視、輕視、無視的東西，而我們能否察覺呢？有人遠視，有人近視，有人正視，有人斜視，有人亂視，還有更多的人以不同的視覺之姿來觀看世界，那麼當一個人認為自己在「重視」之時，我們還能夠相信他嗎？

## 重視

如果我們再次檢視源自韋努第的引文，並對照我對他所做的「視力矯正」後的新引文，我盼望我的「批評興趣」（critical interest）能透過新引文而被一覽無遺，無所遁形。但萬一我矯正過的這個靈視是一個視覺的錯誤甚至是個假象呢？我的論文足夠透明嗎？我的論點充分清楚嗎？我的讀者

的視覺之姿又是如何展現的呢？而我一而再，再而三的重視能夠完全保證我的觀點正確無誤嗎？然而，我們如果真的不繼續觀察，不再三檢視，不去不斷查看，不去瞭解，難道我們可以完全停止思考，自以為達至某種神祕的「懸解」（epoche）境界嗎？讓我們再一次將眼神聚焦在韋努第的引文上，以期達成理解（understand-ing）這個字所暗示的持續進行性，只不過焦點可能潛藏的焦黑不明是否會影響我們的視野（horizon of vision）恐怕無法完全排除其（不）可能性。

　　韋努第的論點，在一些學者看來，是大有問題的。羅賓森（Douglas Robinson）認為韋努第犯了「中項不周延」（*non distributio medii*）的毛病：The only politically acceptable translation is one that seeks to retain what Berman calls the experience of the foreign, an alien roughness or strangeness in the target language. The position has obvious logical problems. It is a non distribution medii—it excludes hugely **interesting middles** by proposing that all A is B, therefore all B is A. (113)（粗體為筆者所加）。羅賓森在這裡所批評的是韋努第的翻譯策略：異化（foreignizing）。相對於歸化（domesticating）這種造成「種族中心式約化」（ethnocentric reduction）的翻譯方法，異化在韋努第眼中是唯一正確的翻譯選擇。羅賓森質疑韋努第在達致上述結論的論證過程中，以偏概全且忽略了其他的要項。為了公平（如果可以達致的話）對待韋努第，且讓我們另外引一段韋努第的文字來說明：

The"foreign"in foreignizing translation is not a transparent representation of an essence that resides in the foreign text and is valuable in itself, but a strategic construction whose value is contingent on the current target-language situation. Foreignizing translation signifies the difference of the foreign text, yet only by interrupting the cultural codes that prevail in the foreign target language. In its effort to do right abroad, this translation method must do wrong at home, deviating enough from na-tive norms to stage an alien reading experience—choosing to translate a foreign text excluded by domestic literary canons, for instance, or using a marginal discourse to translate it. (20)

（**這一次**我不再運用隱顯的手段，讀者可以自己決定引文之中顯隱之處為何以及何在，然而我不確定我們的注意焦點是否一樣。）

順著羅賓森的看法，我們可以在上面引文中發現一個「中項不周延」的例子：（在翻譯時）譯者如果 do right abroad 即是 do wrong at home，而 do wrong at home 即是 do right abroad。引文中那個 must 一字實際上讓譯者翻譯的選擇成了一個 Hobson's choice，因為異化的翻譯方法成了譯者唯一的（非）選項。羅賓森看出的那些 interesting middles ——韋努第所「看不見的」（invisible），但羅賓森卻視之為「令人感到興趣的」（interest-ing）——讓人不得不再次對引文進行仔細觀察。韋努

第自己承認，他的異化翻譯方法是承襲德國學者史萊爾馬赫
（Friedrich Schleiermacher）的詮釋思路。韋努第援引拉佛維爾
（André Lefevere）對史萊爾馬赫的援引寫了下面這段（不能說
是但也可說是他的）文字：There are only two [methods of
translation]. Either the translator leaves the author in peace, as much
as possible, and moves the reader towards him; or he leaves the reader
in peace, as much as possible, and moves the author towards him.
(Lefevere 1977: 74; Venuti: 19－20) 根據韋努第的說法，史萊爾馬
赫贊同異化，韋努第另外還援引貝爾曼（Antoine Berman）的
背書，稱史萊爾馬赫的翻譯觀為翻譯倫理學（ethics of
translation）的表現。問題是史萊爾馬赫顯然對他自己的二元
對立翻譯方式有所保留，引文中兩次出現的 as much as possible
讓人有理由懷疑史萊爾馬赫並不認為任何一種翻譯方法皆可
保證譯者能**完全成功地**達成此方法所欲實現的目的。他的重
點是選擇的自由和自由的選擇。對照韋努第前述的引文，我
們可以發現韋努第的論點其實和史萊爾馬赫的看法並不完全
一致。韋努第認為異化不像歸化那樣是種「透明再現」
（transparent representation），因為那個「透明性」
（transparency），如早先那個引文所顯示的，是流暢的譯文所
造成的「幻覺效果」（illusory effect）。如果我有關隱顯的論點
從頭至此仍具有一些說服力，我們可以質疑韋努第眼中所見
的透明其實並不真正透明，因為真正的透明，按照定義，是
可以讓人的眼光無礙穿過的。幻覺的透明當然不算是真的透

明。Representation 並非 re-presentation 更非 presentation，再現的「再」──時間的、空間的、意志的，語言文化的──讓真正的透明成為不可能；沒有哪位再現者是無邪的。韋努第宣稱能察覺出透明性，如此他顯然具有某種神祕的洞察力，擁有某種和愛默生一樣的 transparent eyeball（但弔詭的，前者宣稱看見事物的假相／象而後者卻看見真象／相），能一眼看透，一眼看穿，一眼看破歸化翻譯的透明再現所引發的幻象；史萊爾馬赫含蓄的 as much as possible 這種極限接近卻仍無法達致的翻譯才能的表現，韋努第並未予以認真考慮。

　　事實上，倘若真如韋努第所言，歸化譯者只是讓譯文「看起來像透明」（seem transparent），那譯文就非真正透明，所以當韋努第宣稱譯者的操弄可以造成 invisibility 進而 giving the appearance that it reflects the foreign writer's personality or intention or the essential meaning of the foreign text—the appearance, in other words, that the translation is not in fact a translation, but the "original"，我認為韋努第在此語焉不詳。我一字不漏地引用了韋努第的原文，企圖凸顯（縱使這次不使用隱顯的手法）他使用的那個 seem 字（以及 appearance 和 reflect）如何讓我對韋努第的理論判斷產生懷疑。就字面意義而言，seem transparent 並不真正透明，韋努第如果看得見透明底下隱藏的東西底下的東西：the **illusory** effect **conceals** the numerous conditions **under** which the translation is made，那麼透明就成了一個兩難：透明可以看得見，因為韋努第看見它能隱藏，但透明同時也不可

以看得見，因為韋努第看見的是那被隱藏的。這個兩難，或者說矛盾，的出現，有一部分是因為 translation 這個字所具有的雙重意義：翻譯既是過程也是產品。當我們使用 transparent translation 一詞，我們可能被這兩個字的「多義」（plurality）所造成的不同結合結果所混淆。翻譯的過程如果真正透明，譯者的翻譯方法就無所遁形而原文之義也可能隨此透明性而顯現，但是韋努第卻認為譯者的技倆原形畢露，原文之義反而被扭曲。可是由於 transparent 同時亦有 candid, open, frank, plainspoken, direct, unambiguous, unequivocal, straightforward, artless, guiless, simple, naïve, undisembling 等等意思（*Oxford Thesaurus* 548），譯者的翻譯方法所涵蘊的精神似乎多少可以淡化韋努第對譯者扭曲原文之義的指控。換句話說，就算譯者在操弄，譯者不一定都是心懷不軌或心存惡意的去從事翻譯，而所謂對原文之義（甚至對原作者之意）的扭曲，其實是譯者的翻譯方法自然導致的結果，我們不能不將譯者的翻譯動機也納入考量。而另外一方面，如果翻譯的產品是真正透明的，那麼譯文顯然應該能夠讓讀者一目瞭然原文之義，一覽無遺原作者之意，如此扭曲自然無從出現，但韋努第顯然不是以此觀點來理解透明的翻譯。如此說來，韋努第的 *The Translator's Invisibility* 其實並不如他所想的那樣具有清晰明白的（兩個）定義，同理，將這個書名中譯為《譯者的隱身》也暴露了一些譯者並未觀察到的問題。Invisibility 是個相當複雜的字，我們可以從其**形容詞**（讓其顯現成形？）invisible 的多重

意義上看出端倪。Invisible 的同義字眾多：unseeable, imperceptible, undetectable, imperceivable, unseen, concealed, hidden, disguised, camouflaged, masked, covered, unperceived, veiled, indiscernible 等等（*Oxford Thesaurus* 245），但通常我們不會將 invisible 視為 transparent 的同義字，因為兩者意義基本有別。據此，translator's invisibility **至少**可以包含下列幾種可能：1. 譯者自身主動的隱，2. 譯者自身被迫的隱，3. 譯者所造成的隱的效果，4. 譯者造成的問題之隱，5. 譯者對自身被隱的不滿，6. 譯者之隱這個問題的隱藏。《譯者的隱身》顯然約化了原文 translator's invisibility 的多重意義（polysemy），但是原文的作者韋努第恐怕也犯了同樣的毛病因而簡化了問題的複雜性。

## 重視

在我看來，韋努第的翻譯理論的問題癥結在於他仍囿於德希達所批評的「在場形上學」（metaphysics of presence）。用普通話語來說，韋努第執著於「見」和「現」之間的必然聯立：我們之見總是可以讓事物全面顯現，或者說，事物總是可以在我們之見中全然顯現；視而不見，查而不覺，見樹不見林，井蛙之見，這些盲點、偏見或非正見，在韋努第眼中似乎是不存在的。前面我們提到韋努第表示：The more fluent the translation, the more invisible the translator, and, presumably, the more visible the writer or meaning of the foreign text，然而這種說法有邏輯上的問題。譯文「流暢」的程度一般說來讀者或許可以主／客觀地判定（縱使標準不一），但是「不可見」，顧名思義，卻不能有程度之別，把這兩個字共軛在一起，互相決定，實在欠缺說服力。我們如果可以依循韋努第去想像「譯文越加流暢，譯者越加不見，而原作者卻越加可見並且原文之義越加清楚」這種現／假象，我們當然也可以想像「譯文越加不流暢，譯者越加可見，而原作者卻越加不可見並且原文之義越加模糊」這個相反卻也相同的命題。歸化譯者犯了前項之錯以為可以從事透明再現，後項的矛盾恐怕也發生在異化譯者所追求的不透明的再現上。即使譯者接受韋努第的異化翻譯方法：interrupting the cultural codes，deviating from native norms， using marginal discourse，讓譯文不再或比較不流暢，然而原作者之意和原文之義，按照前述邏輯，仍然無法絕對清晰明白而多少還是曖昧不明的；異化翻譯並不比歸化翻譯更具釐清澄明之功。韋努第天真地想像藉著異化翻譯手段可以達致對原作者和原文的差異的完全顯現，但他的異化操弄和他所批判的歸化操弄同樣造成了 illusionistic / illusory effect。差異的活動無法停止，差異當然也無法完全呈現（fully present），如德希達所言，差異無法在一個 horizon of pure, transparent, and unequivocal translatability 之中完整出現（Derrida 1981: 20）。簡言之，韋努第自以為遵循德希達的解構思路，但他卻把德希達的「延異」（différance），那個「差異的活動」（play of difference），約化為沒被「置於叉號」（sous rature/under erasure）的差異。Foreignizing translation signifies the difference of the foreign text，韋努第所言甚是，但是他忘了自己引用德希達的話說：Because meaning is an effect of relations and differences among signifiers along a potentially endless chain (polysemous, intertextual, subject to infinite linkage), it is always differential and deferred, never present as an original unity (Derrida 1982; Venuti: 17－18)；的確，異化翻譯 signifies the difference，但異化翻譯卻無法保證 signifier 和 signified 之間有天衣無縫的對應。原文或原作者和譯文或譯者的差異（或者說他性 otherness）並不能經由任何翻譯方法而被消弭，反而是不斷地在翻譯中延續變化著。貝爾曼寫道：An otherness can never be manifested in its own terms, only in those of the target language, and always already encoded (Berman 1992)。這個 otherness，對我而言，可以視為是翻譯的「不可譯性」（untranslatability）；用我的中文來解釋，它是具有雙重意義，受到雙重束縛的「障」：保障和障礙，因為它一方面保障翻譯可以藉著 in other words（這讓我們想起 Mona Baker 的那本同名書）來進行，但另一方面在翻譯中它卻也形成了永恆的障礙，使得翻譯無論如何進行也無法達成完全的意義轉移。在這層意義下，韋努第宣稱異化翻譯 seeks to restrain the ethnocentric violence of translation，異化是 a strategic cultural intervention，異化可以是 a form of resistance against ethnocentrism and racism, cultural narcissism and

imperialism, in the interests of democratic geopolitical relations
（20），可是我們聆聽其言其語之時，恐怕仍得靜觀其行。沒
有哪種語言或語言行為是純然透明的，我們只能不斷觀察，
持續注視，殷切盼望意義大白，畢竟很少有人擁有神祕的
transparent eyeball，但是我們常常只能依賴我們自然都有的
naked eyes。

　　既然人以裸眼觀察，裸眼自然有其限制，而我們當然也
不能宣稱對〈裸眼：譯者之隱〉這個題目／問題能夠立即一
目瞭然或完全了然於心。人的眼睛就算可以看盡世界，人的
眼睛卻無法看見眼睛本身。這是個事實，也是個譬喻。如果
我們宣稱瞭解，這個瞭解總得包括他者對自己的瞭解。因此
之故，或許在論文結尾之處，我們可以援引其他人一些有關
transparent translation, transparent translator 或是 transparency 的
不同看法，讓此論文的結束繼續成為另一論文的開始：

The produced transparency marks the place of "interest."
(Spivak 279)

Translation functions as a transparent presentation of
something that already exists, although the "original" is actually
brought into being through translation. (Niranjana 1992: 3 & 1994:
126)

If translation were neutral, unproblematic, transparent, they would be dull and uninformative. (Hermans 59)

In effect, the theme of a transcendental signified took place within the horizon of an absolutely pure, transparent, and unequivocal translatability. (Derrida 1981: 20)

A real translation is transparent; it does not cover the original, does not block its light, but allows the pure language, as though reinforced by its own medium, to shine upon the original all the more fully. (Benjamin 79)

如果覺得以上的引文互相矛盾，相互衝突，或許當代的一些「現實看法」可以幫助我們一掃學者們對 transparent 所引起的「象牙塔裡的風暴」：

This transparent Universal Translator can interpret languages, objects and customs. It has a window mode, text mode and speech mode. (ideaconnection.com)

Translate This World With This Transparent Translator. (bitrebels.com)

The Universal Transparent Translator will aid the user in understanding and gaining knowledge about its surroundings. (trendsupdates.com)

At Transparent Translation, we understand that to have a presence in the global market place, you need to have someone who will communicate your information into the various languages of your customers and clients speak. (transparenttranslations.com)

如果還是看不清楚透明到底是隱還是顯（或者 vice versa），也不確定該用歸化還是異化方法來對上面的英文引文從事透明還是不透明的翻譯，也許我們可以透過下面的中文引文看見某個幽冥深奧的境界：

……
採菊東籬下
悠然見南山
……
此中有真意
欲辨已忘言

## 「聖人」不再，譯者何為？

朱熹。《四書集注》。臺北：世界書局，1995。

朱熹著、蘇勇校注，《周易本義》。北京：北京大學出版社，1992。

杜維明著、段德智譯、林同奇校。《〈中庸〉洞見》。北京：人民出版社，2008。

章太炎講授，朱希祖、錢玄同、周樹人記錄，《章太炎〈說文解字〉授課筆記》，北京：中華書局，2010。

莊繹傳。《英漢翻譯教程》。北京：外語教學與研究出版社，2002。

許慎著，班吉慶、王劍、王寶華點校。《〈說文解字〉校訂本》，南京：鳳凰出版社，2004。

陳遠。《李宗吾新傳》。北京：中國檔案出版社，2006。

陸象山。《陸象山全集》。北京：中國書店，1992。

黃懷信、張懋鎔、田旭東撰。《逸周書匯校集注》（下冊）。上海：上海古籍出版社，2007。

Cabral, Amilcar. "National Liberation and Culture." *Colonial Discourse and Post-colonial Theory, A Reader*. Ed. Patrick Williams and Laura Chrisman. New York: Columbia University Press, 1994.

Fanon, Frantz. *The Wretched of the Earth*. Trans. Constance Farrington. New York: Grove Press, 1966.

Legge, James. "Introduction". *The I Ching, Or The Book of Changes* (Second Edition). New York: Dover Publications, Inc., 1965.

Tymoczko, Maria. *Translation in a Postcolonial Context: Early Irish Literature in English Literature*. Shanghai: Shanghai Foreign Language Education Press, 2004.

## 對文化派翻譯觀的系統思辨

Bassnett, Susan and André Lefevere. *Constructing Cultures — Essays on Literary Translation*. Clevedon / Philadelphia Toronto / Sydney / Jahnnessburg: Multilingual Matters Ltd, 1988.

Bassnett, Susan. "Researching Translation Studies: The Case for Doctoral Research." Ed. P. Bush and K. Malmkjœr. *Rimbaud's Rainbow: Lit-erary Translation in Higher Education*. Amsterdam: John Benjamins, 1998.

—. "The Translation Turn in Cultural Studies." Ed. S. Bassnett and A. Lefevere. *Constructing Cultures, Essays in Literary Translation*.

Michigan: Multilingual Matters, 1998.

Gentzler, Edwin. "Foreword." Ed. S. Bassnett and A. Lefevere. *Constructing Cultures, Essays in Literary Translation*. Michigan: Multilingual Matters, 1998.

Holmes, James, S. "The Name and Nature of Translation Studies." Paper given at Amsterdam: Translation Studies Section, University of Amsterdam, 1972.

Lefevere, André. *Translation, Rewriting and the Manipulation of Literary Fame*. London: Routledge, 1992.

——. "Translation: its Genealogy in the West." Ed. S. Bassnett and A. Lefevere. *Translation, History and Culture*. London and New York: Pinter Publishers Limited, 1995.

——. "Accurating Bertolt Brecht." Ed. S. Bassnett and A. Lefevere. *Con-structing Cultures, Essays in Literary Translation*. Michigan: Mul-tilingual Matters, 1998.

——. "Chinese and Western thinking on translation." *Constructing Cultures, Essays in Literary Translation*. Michigan: Multilingual Matters, 1998.

Venuti, Lawrence. *The Translator's Invisibility*. London and New York:

Routledge, 1995.

## 翻譯作為皺摺

邱漢平。〈翻譯與文學生產：全球化時代的東亞案例〉。《師大
學報：語言與文學類》55.1（2010）：57－79。

Bassnett, Susan. "The Translation Turn in Cultural Studies."
*Constructing Cultures: Essays on Literary Translation*. Ed. Susan
Bassnett and André Lefevere. Philadelphia: Multilingual Matters,
1998. 123－40.

Benjamin, Walter. "The Task of the Translator." *Illuminations*. Trans.
Harry Zohn. New York: Schecken Books, 1968. 69－82.

—. *The Origin of German Tragic Drama*. Trans. J Osborne. New York:
Verso, 1998.

Bhabha, Homi K. *The Location of Culture*. London and New York:
Routledge, 1994.

Bogue, Ronald. *Deleuze's Wake: Tributes and Tributaries*. Albany: State
University of New York Press, 2004.

Conley, Tom. "Folds and Folding." *Gilles Deleuze: Key Concepts*. Ed.

Charles J. Stivale. Montreal: McGill-Queen's University Press, 2005. 170－81.

Deleuze, Gilles. *Foucault.* Trans. Seán Hand. Minneapolis: University of Minnesota Press, 1988.

—. *The Logic of Sense.* Trans. Mark Lester with Charles Stivale. Ed. Constantin Boundas. New York: Columbia University Press. 1990.

—. *The Fold: Leibniz and the Baroque.* Trans. Tom Conley. Minneapolis: University of Minnesota Press. 1993.

—. *Difference and Repetition.* Trans. Paul Patton. New York: Columbia Univeristy Press, 1994.

— and Félix Guattari. *A Thousand Plateaus: Capitalism and Schizophrenia.* Trans. Brian Massumi. Minneapolis: University of Minnesota Press, 1987.

—. *What Is Philosophy?* Trans. Hugh Tomlinson and Graham Burchell. New York: Columbia University Press, 1994.

— and Claire Parnet. *Dialogues II.* New York: Continuum, 2002.

Derrida, Jacques. "Des Tours de Babel." *Difference in Translation.* Ed. Joseph F. Graham. Ithaca: Cornell University Press, 1985.

165－207.

De Man, Paul Conclusion to *The Resistance to Theory*. Minneapolis: University of Minnesota Press, 1986. 73－105.

Duffy, Simon. "Leibniz, Mathematics ands the Monad." *Deleuze and the Fold: A Critical Reader*. Ed. Sjoerd van Tuinen and Niamh McDonnell. New York: Palgrave Macmillan, 2010. 89－111.

Liu, Lydia H. *Translingual Practice: Literature, National Culture, and Translated Modernity—China, 1900－1937*. Stanford: Stanford University Press, 1995.

Lœrke, Mogens. "Four Things Deleuze Learned from Leibniz." *Deleuze and the Fold: A Critical Reader*. Ed. Sjoerd van Tuinen and Niamh McDonnell. New York: Palgrave Macmillan, 2010. 25－45.

Godard, Barbara. "Deleuze and Translation." *Parallax* 6.1 (2000): 56－81.

Sakai, Naoki. *Translation and Subjectivity: On "Japan" and Cultural Nationalism*. Minneapolis: University of Minnesota Press, 1997.

Smith, Daniel W. "Genesis and Difference: Deleuze, Maimon, and the Post-Kantian Reading of Leibniz." *Deleuze and the Fold: A*

*Critical Reader.* Ed. Sjoerd van Tuinen and Niamh McDonnell. New York: Palgrave Macmillan, 2010. 132－54.

Spivak, Gayatri Chakravorty. "The Politics of Translation." *The Translation Studies Reader.* Ed. Lawrence Venuti. London and New York: Routledge, 2000. 397－418.

## 翻譯中的差異與空間概念

Apter, Emily. "Philosophical Translation and Untraslatability: Translation as Critical Pedagogy." *Profession* (2010): 50－63. Print.

Aseguinolaza, Fernando Cabo. "The Spatial Turn in Literary Historiography." *CLCWeb: Comparative Literature and Culture* 13.5 (2011): NP. Web. Jul. 01. 2013.

Bhabha, Homi. *The Location of Culture.* New York: Routledge, 2004. Print.

Buden, Boris, and Stefan Nowotny. "*Translation Studies* Forum: Cultural Translation." *Translation Studies* 2.2 (2009): 196－219. Print.

引用書目

Burchill, Louise. "In-Between 'Spacing' and the 'Chôra' in Derrida: A Pre-Originary Medium?" *Intermedialities—Philosophy, Arts Politics.* Ed. Henk Oosterling and Ewa Plonowska Ziarek. Lanham, Maryland: Lexington, 2011. 27－35. Print.

Davis, Kathleen. Deconstruction and Translation. Manchester: St Jerome, 2001. Print.

Derrida, Jacques. *The Ear of the Other: Otobiography, Transference, Translation.* Ed. Christie McDonald. Trans. Peggy Kamuf. Lincoln: U of Nebraska P, 1985. Print.

—. *Of Grammatology.* Trans. Gayatri Chakravorty Spivak. Baltimore: Johns Hopkins UP, 1976. Print.

—. *Margins of Philosophy.* Trans. Alan Bass. Chicago: U of Chicago P, 1982. Print.

—. *Writing and Difference.* Trans. Alan Bass. Chicago: U of Chicago P, 1978. Print.

Foucault, Michel. "Of Other Spaces: Utopias and Heterotopias." *Rethinking Architecture: A Reader in Cultural Theory.* Ed. Neil Leach. New York: Routledge, 1997. 330－36. Print.

Frank, Michael C. "Imaginative Geography as a Travelling Concept:

Foucault, Said and the Spatial Turn." *European Journal of English Studies* 13.1 (2009): 61 −77. Print.

Graham, Joseph F. ed. *Difference in Translation.* Ithaca: Cornell UP, 1985. Print.

Hess-Lüttich, Ernest W. B. "Spatial Turn: On the Concept of Space in Cultural Geography and Literary Theory." *Journal for Theoretical Cartography* 5 (2012): 1 −11. Print.

Houtum, Henk van, Olivier Kramsch, and Wolfgang Zierhofer, eds. *B/ordering Space.* Surrey and Burlington: Ashgate, 2005. Print.

Italiano, Federico. "Translating Geographies: The *Navigatio Sancti Brendani* and Its Venetian Translation." *Translation Studies* 5.1 (2012): 1 −16. Print.

Johnson, Christopher. *System and Writing in the Philosophy of Jacques Derrida.* Cambridge: Cambridge UP, 1993. Print.

Kershaw, Angela and Gabriela Saldanha. "Introduction: Global Landscapes of Translation." *Translation Studies* 6.2 (2013): 135 −49. Print.

Laruelle, François. "Translated from the Philosophical: Philosophical Translatability and the Problem of a Universal Language."

Trans. Ray Brassier. *Traces 4: Translation, Biopolitics, Colonial Difference.* Ed. Naoki Sakai and Jon Solomon. Hong Kong: Hong Kong UP, 2006. 55 −72. Print.

Lisa Lowe. *Immigrant Acts: On Asian American Cultural Politics.* Durham: Duke UP, 1999. Print.

Michaelsen, Scott, and Scott Cutler Shershow. "Rethinking Border Thinking." *South Atlantic Quarterly* 106.1 (2007): 39 −60. Print.

Mignolo, Walter P. *Local Histories/ Global Designs.* Princeton: Princeton UP, 2000. Print.

—. *The Darker Side of Renaissance: Literary, Territoriality, and Colonization.* Ann Arbor: U of Michigan U. 1995. Print.

Niranjana, Tejaswini. *Siting Translation: History, Post-Structuralism, and the Colonial Context.* Berkeley: U of California P, 1992. Print.

Said, Edward W. *Culture and Imperialism.* New York: Vintage, 1994. Print.

—. *Orientalism.* New York: Vintage, 1979. Print.

Sakai, Naoki. "Translation and the Figure of Border: Toward the Apprehension of Translation as a Social Action." *Profession*

(2010): 25 － 34. Print.

Snell-Hornby, Mary. The Turns of Translation Studies. Amsterdam:
John Benjamin, 2006. Print.

Tuathail, Ó Gearóid, et al., eds. The Geopolitcs Reader. London:
Routledge, 1998. Print.

Weigel, Sigrid. "On the 'Topographical Turn': Concepts of Space in
Cultural Studies and *Kulturwissenschaften*. A Cartographic
Feud." *European Review* 17.1 (2009): 197 － 201. Print.

## 班雅明的翻譯與科技論述：從〈論語言本體與人的語言〉談起

Apter, Emily. *The Translation Zone: A New Comparative Literature*.
Princeton, NJ: Princeton UP, 2006.

Benjamin, Walter. *The Arcades Project*. Trans. Howard Eiland and
Kevin McLaughlin. Cambridge: Belknapp P of Harvard UP,
2002.

—. "The Concept of Criticism in German Romanticism." *Walter
Benjamin Selected Writings, 1913 － 1926*. Vol. 1. Trans. David

Lachterman, Howard Eiland, and Ian Balfour. Cambridge: Belknapp P of Harvard UP, 1996. 116－200.

—. *The Correspondence of Walter Benjamin, 1910－1940*. Ed. Gershom Scholem. Chicago: U of Chicago P, 2012.

—. "Dialogue on the Religiosity of the Present." *Walter Benjamin: Early Writings, 1910－1917*. Trans. Howard Eiland and Others. Cambridge: Belknap P of Harvard UP, 2011. 62－84.

—. "A Different Utopian Will." *Walter Benjamin Selected Writings, 1935－1938*. Vol. 3. Trans. Edmund Jephcott. Cambridge: Belknapp P of Harvard UP, 2002. 134－36.

—. "Doctrine of the Similar." *Walter Benjamin Selected Writings, 1927－1934*. Vol. 2. Eds. Marcus Bullock, Howard Eiland, Gary Smith. Trans. Michael Jennings. Cambridge: Belknapp P of Harvard UP, 1999. 694－98.

—. "The Life of Students." *Walter Benjamin: Early Writings, 1910－1917*. Trans. Rodney Livingstone. 197－210.

—. "On Language as Such and on the Language of Man." *Walter Benja-min Selected Writings, 1913－1926*. Vol.1. Trans. Edmund Jephcott. 62－74.

—. "On the Mimetic Faculty." *Walter Benjamin Selected Writings, 1927－1934.* Vol. 2. Trans. Edmund Jephcott. 720－22.

—. "On the Program of the Coming Philosophy." *Walter Benjamin Se-lected Writings, 1913－1926.* Vol.1. Trans. Mark Ritter. 100－10.

—. *The Origin of German Tragic Drama.* Trans. John Osborne. London: Verso, 1985.

—. "The Task of the Translator." *Walter Benjamin Selected Writings, 1913－1926.* Vol.1. Trans. Harry Zohn. 253－63.

—. "Theses on the Philosophy of History." *Illuminations.* Ed. with an introd. by Hannah Arendt. Trans. Harry Zohn. New York: Schocken Books, 1969. 253－64.

—. "The Work of Art in the Age of Technological Reproducibility: Second Version." *Walter Benjamin Selected Writings, 1935－1938.* Vol. 3. Trans. Edmund Jephcott and Harry Zohn. 101－33.

Deleuze, Gilles. *Expressionism in Philosophy: Spinoza.* Trans. Martin Joughin. New York: Zone Books, 1992.

Deleuze, Gilles, and Felix Guattari. *What Is Philosophy?* Trans.

Graham Burchell and Hugh Tomlinson. London: Verso, 1994.

De Man, Paul. *The Resistance to Theory*. Minneapolis: U of Minnesota P, 1986.

Derrida, Jacques. "Des Tours de Babel." *Difference in Translation*. Ed. with an introd. by Joseph F. Graham. Trans. Graham. Ithaca: Cornell UP, 1985. 165－207.

Eiland, Howard, and Michael W. Jennings. *Walter Benjamin: A Critical Life*. Cambridge: Belknapp P of Harvard UP, 2014.

Hamann, Johann Georg. "Metacritique concerning the Purism of Reason." *Writings on Philosophy and Language*. Trans. and edited by Kenneth Haynes. Cambridge: Cambridge UP, 2007. 205－18.

Heideggger, Martin. "The Question Concerning Technology." *The Question Concerning Technology and Other Essays*. Trans. and with an Introduction by William Lovitt. New York: Harper & Row, 1977. 3－35.

Jennings, Michael W. *Dialectical Images: Walter Benjamin's Theory of Literary Criticism*. Ithaca: Cornell UP, 1987.

Lukacs, Georg. *History and Class Consciousness*. Trans. Rodney

Livingstone. Cambridge, Mass: MIT P, 1971.

Marx, Karl. *Kapital*, Vol. 1. Hamburg: Otto Meissner, 1922.

Meyer, Alfred Gotthold. *Eisenbauten*. Esslingen: Paul Neff, 1907.

Proust, Marcel. *Remembrance of Things Past*. Vol. I. Trans. C. K. Scott Moncrieff and Terence Kilmartin. New York: Vintage, 1982.

Rochlitz, Rainer. *The Disenchantment of Art: The Philosophy of Walter Benjamin*. Trans. Jane Marie Todd. New York: Guilford P, 1996.

Salzani, Carlo. "Experience and Play: Walter Benjamin and the Prelapsarian Child." *Walter Benjamin and the Architecture of Modernity*. Eds. Andrew Benjamin and Charles Rice. Melbourne: re.press, 2000. 175－98.

Steiner, Uwe. *Walter Benjamin: An Introduction to His Work and Thought*. Trans. Michael Winkler. Chicago: U of Chicago P, 2010.

Tseng, Chia-chieh. "Cultures of Glass in the Late Nineteenth-Century European Novels and Contemporary Sinophone Film." Ph.D. Diss. Rutgers, the State U. of New Jersey, 2013.

## 對話論與譯者的角色：班雅民〈譯者之職〉再思

馬耀民。〈作者、正文、讀者——巴赫汀的《對話論》〉。《文學的後設思考：當代文學理論家》。呂正惠主編。台北：正中書局，1991。49～77。

張錦忠。〈言本的傳譯性與譯人的天職——卞雅民語言哲學與翻譯觀初論〉。《從影響研究到中國文學》。陳鵬翔、張靜二主編。台北：書林書局，1992。139～54。

劉康。《對話的喧聲》。台北：麥田，1995。

莊坤良。〈翻譯（與）後殖民主體：論阿切貝的《四分五裂》與魯西迪的《魔鬼詩篇》〉。《中外文學》。29.5（2000年10月）：73～104。

王文興。《家變》。台北：洪範，2003。新版四印。

謝天振。〈序二〉。《翻譯的政治，翻譯研究與文化研究》。費小平著。北京：中國社會出版社，2005。7～16。

單德興。〈譯者的角色〉。《國科會外文學門86－90年度研究成果論文集》。國立中興大學外文系主編。台中：國立中興大學外文系，2005。1～28。

陳芳明。〈《秋葉》與《家變》的意義〉。《文訊》。292（2010年2月）：91～92。

Bakhtin, Mikhail. *The Dialogic Imagination.* Trans. Caryl Emerson and Michael Holquist. Ed. Michael Holquist. Austin: Texas UP, 1981.

—. *Problems of Dostoevsky's Poetics.* Trans. & Ed. Caryl Emerson. Minneapolis: Minnesota UP, 1984.

—. *Marxism and the Philosophy of Language.* Trans. Ladislav Matejka and I.R. Titunik. Cambridge: Harvard UP, 1986.

—. *Speech Genres and Other Late Essays.* Ed. Caryl Emerson & Michael Holquist Trans. Vern W. McGee. Austin: U of Texas P, 1986.

Bassnett, Susan and Andre Lefevere, ed. *Translation, History and Culture.* London: Pinter Publishers, 1990.

Benjamin, Walter. *Illuminations: Essays and Reflections.* New York: Schocken Books, 1969.

Bhabha, Homi K. *The Location of Culture.* New York: Routledge, 1994.

de Man, Paul. *The Resistance to Theory.* Manchester: Manchester University Press, 1986.

Derrida, Jacques. "Des Tours de Babel." *Difference in Translation.* Ed.

引用書目

Joseph Graham. Ithaca: Cornell UP, 1985. 165 — 248.

Foucault, Michel. "What is an Author?" Ed. Josue Harari. *Textual Strategies: Perspectives in Post-Structuralist Criticism.* Ithaca: Cornell UP, 1979. 141 — 60.

Godard, Barbara. "Theorizing Feminist Discourse / Translation." Bassnett 87 — 96.

Hall, Stuart. "The Work of Representation." *Representation: Cultural Representations and Signifying Practices.* Ed. Stuart Hall. London: Sage Publications, 1997. 15 — 74.

Shepherd, David. "Bakhtin and the Reader." *Bakhtin and Cultural Theory.* Ed. Ken Hirschko and David Shepherd. Manchester: Manchester UP, 1989. 91 — 108.

Snell-Hornby, Mary. "Linguistic Transcoding or Cultural Transfer?" Bass-nett, 79 — 86.

Thiher, Allen. *Words in Reflection: Modern Language Theory and Postmodern Fiction.* Chicago: U of Chicago P, 1984.

Wang, Wen-hsing. *Family Catastrophe.* Trans. Susan Wan Dolling. Honolulu: University of Hawaii Press, 1995.

**西方翻譯「三模式」批評——兼論馬丁・路德翻譯思想的「模式」性質**

黑格爾（著）、賀麟、王太慶（譯）。《哲學史講演錄》（第三卷）。北京：商務印書館，1981。

李紅麗。〈傑羅姆、賀拉斯和施賴爾馬赫三種翻譯模式對比學習〉。《青年文學家》2（2009）：132～133。

李宏順。〈翻譯研究中的三模型〉。《雙語學習》11（2007）：188～189。

林記明、穆雷。〈翻譯的課程模式與教學模式辨析〉。《外國語文》25.2（2009）：115～119。

劉行仕、雷雨田。〈論馬丁・路德對《聖經》的研究與翻譯〉。《青海師範大學學報》。（社會科學版）1（1988）：41～48。

譚載喜。《西方翻譯簡史》（修訂版）。北京：商務印書館，2004。

王秉欽。《20世紀中國翻譯思想史》。天津：南開大學出版社，2006。

許靜。〈淺析賀拉斯、哲羅姆、施賴爾馬赫翻譯模式的特點和影響〉。《佳木斯教育學院學報》6（2010）：216～217。

魚為全。〈馬丁・路德的矛盾思想在翻譯上的體現〉。《雞西大學學報》5（2008）：69～70。

趙彥春。《翻譯歸結論》。上海：上海教育出版社，2005。

Bassnett, Susan and Andre Lefevere. *Constructing Cultures*. Shanghai: Shanghai Foreign Language Education Press, 2001.

Baker, Mona. *Routledge Encyclopedia of Translation Studies*. Shanghai: Shanghai Foreign Language Education Press, 2004.

Duiker, William. *World History Volume Two: since 1500*. California: Wadsworth Publishing, 2006.

Gentzler, Edwin. "Foreword." *Constructing Cultures*. Susan Bassnett and Andre Lefevere. Shanghai: Shanghai Foreign Language Education Press. ix －xxii, 2001.

Kittel, Harald and Andreas Poltermann. "German Tradition." *Routledge Encyclopedia of Translation Studies*. Ed. Mona Baker. Shanghai: Shanghai Foreign Language Education Press. 418 － 526, 2004.

Lefevere, Andre. "Chinese and Western Thinking on Translation." *Con-structing Cultures*. Susan Bassnett and Andre Lefevere. Shanghai: Shanghai Foreign Language Education Press. 12 － 24,

2001.

—. *Translation, Rewriting and the Manipulation of Literary Fame*. Shanghai: Shanghai Foreign Language Education Press, 2004.

Munday, Jeremy. *Introducing Translation Studies*. London: Routledge, 2001.

Schwarz, W. "The history of the principles of Bible translation in the Western World." Babel 9. 5－22, 1963.

## 裸眼：韋努第的譯者之隱

Atchley, J, Heath. *Encountering the Secular: Philosophical Endeavors in Religion and Culture*. Charlottsville: U of Virginia P, 2009.

Baker, Mona. *In Other Words: A Coursebook on Translation*. London and New York: Routledge, 1992.

Benjamin, Walter. *Illuminations: Essays and Reflections*. Ed. Hannah Arendt. Trans. Harry Zohn. New York: Schocken Books, 1969.

Berman, Antoine. *The Experience of the Foreign*. Trans. S. Heyvaert. New York: State U of New York, 1992.

Derrida, Jacques. *Positions*. Chicago: U of Chicago P, 1981.

—. *Margins of Philosophy*. Trans. Alan Bass. Chicago; The U of Chicago P, 1982.

—. "Signature Event Context." *Limited Inc*. Evanston: Northwestern UP, 1988.

Dillard, Annie. *Pilgrim at Tinker Creek*. New York: Harper Collins, 1999.

Emerson, Ralph Waldo. *Selected Writings of Emerson*. Ed. Donald McQuade. New York: Random House, 1981.

Hermans, Theo. "Translation and Normativity." *Translation and Norms*. Ed. Christina Schaffner. Clevedon and Philadelphia: Multilingual Matter, 1999.

"Invisible." Def. *Oxford Thesaurus*. New York: Oxford UP, 1992.

Kohler, Michelle. "Dickinson's Embodied Eyeball: Transcendentalism and the Scope of Vision." *The Dickinson Journal* 13.2 (2006): 27 – 57.

Lafevere, André. Translating Literature: *The German Tradition from Luther to Rosenzweig*. Assen/Amsterdam: Van Gorcum, 1977.

Niranjana, Tejaswini. *Siting Translation*. Berkeley and Los Angeles: U of California P, 1992.

——. "Translation, Colonialism, and the Rise of English." *Rethinking English*. Ed. Svati Joshi. Delhi: Oxford UP, 1974.

Reimer, Margret Loewen. "The Dialectical Vision of Annie Dillard." *Critique: Journal of Socialist Theory*. (Spring) 1983.

Robinson, Douglas. "Translation as Phantom Limbs." *What Is Translation? Centrifugal Theories, Critical Interventions*. Kent: Ohio State UP, 1997.

Spivak, Gayatri. *Death of A Discipline*. New York: Columbia UP, 2003.

"Transparent." Def. *Oxford Thesaurus*. New York: Oxford UP, 1992.

Venuti, Lawrence. *The Translator's Invisibility: A History of Translation*. New York: Routledge, 1995.

# 橘枳之間
## 西方翻譯理論再思與批判

| | |
|---|---|
| 作者 | 張上冠、蔡新樂、趙彥春、李育霖 |
| | 陳佩筠、邱漢平、劉建基、任東升 |
| 發行人 | 王春申 |
| 編輯指導 | 林明昌 |
| 營業部兼任編輯部經理 | 高　珊 |
| 主編 | 王窈姿 |
| 責任編輯 | 黃楷君 |
| 封面設計 | 吳郁婷 |
| 校對 | 趙蓓芬 |
| 印務 | 陳基榮 |
| 出版發行 | 臺灣商務印書館股份有限公司 |
| 地址 | 23150 新北市新店區復興路43號8樓 |
| 電話 | (02) 8667-3712　傳真：(02) 8667-3709 |
| 讀者服務專線 | 0800056196 |
| 郵撥 | 0000165-1 |
| E-mail | ecptw@cptw.com.tw |
| 網路書店網址 | www.cptw.com.tw |
| 網路書店臉書 | facebook.com.tw/ecptwdoing |
| 臉書 | facebook.com.tw/ecptw |
| 部落格 | blog.yam.com/ecptw |

局版北市業字第 993 號
初版一刷：2015 年 11 月
定價：新台幣 320 元

橘枳之間：西方翻譯理論再思與批判
張上冠等著
初版一刷. -- 新北市：臺灣商務出版發行
2015.11
　面　；　公分. --

ISBN 978-957-05-3024-7
1.翻譯　　2.文集

811.707
104020779